猎血人

BLOODBUSTERS

（意）弗朗西斯科·沃尔索 著

胡绍晏 译

北京理工大学出版社
BEIJING INSTITUTE OF TECHNOLOGY PRESS

图书在版编目（CIP）数据

猎血人 / (意) 弗朗西斯科·沃尔索著；胡绍晏译. -- 北京：北京理工大学出版社，2022.4

ISBN 978-7-5763-1129-7

Ⅰ. ①猎… Ⅱ. ①弗… ②胡… Ⅲ. ①长篇小说—意大利—现代 Ⅳ. ①I546.45

中国版本图书馆CIP数据核字(2022)第040678号

北京市版权局著作权合同登记号　图字：01-2022-0443

出版发行 / 北京理工大学出版社有限责任公司
社　　址 / 北京市海淀区中关村南大街5号
邮　　编 / 100081
电　　话 / （010）68914775（总编室）
（010）82562903（教材售后服务热线）
（010）68944723（其他图书服务热线）
网　　址 / http: //www. bitpress. com. cn
经　　销 / 全国各地新华书店
印　　刷 / 天津市天玺印务有限公司
开　　本 / 880毫米×1230毫米　1 / 32
印　　张 / 9.25
字　　数 / 187千字
版　　次 / 2022年4月第1版　2022年4月第1次印刷
定　　价 / 49.80元

责任编辑 / 李慧智
文案编辑 / 李慧智
责任校对 / 刘亚男
责任印制 / 施胜娟

序

吴岩

最近，加拿大科幻作家罗伯特·索耶在《多伦多之星》报上发表了一篇文章，叫《我们现在都生活在科幻之中了》。这篇文章用各种事实说明，快速发展的科技所带来的经济、政治、文化变革已经让我们生存在一个类似幻想的时代中了。索耶不是第一次说这样的话。前几年中国科技馆请他来做讲座，我就听他对下面的观众说:“你们可能是第一代能活过多世纪的人类，甚至可能是永生的一代！”他的乐观主义和对科技变化速度的认知，着实让我吃惊。但确实如此，如果我们没有这种科技的变化，人类的寿命不会像今天这么长，食品的供应不会像现在这么丰富，人口的数量不会像现在这么多，对世界的污染也不会像现在这么严重。而所有这一切，都曾在科幻中预言过。科幻让我们注意未来，憧憬未来，警惕未来，但到头来，我们就栽入了科幻作家预言过的未来。索耶是乐观的，但科幻作家中的“乌鸦嘴”也不少，把未来形容得悲观无比者也大有人在。你生活在科幻的世界中，是福是祸?

2019 年底，我在北京举办了一个活动，叫“人类文明的历史经验与未来梦想论坛”，这个论坛邀请世界各地的七个著名科幻作家和中国本土的七位著名科幻学者、编辑和作家进行对话。那一次加拿大来了罗伯特·索耶，美国来了詹姆斯·帕特里克·凯利，英国来了伊恩·麦克唐纳，以色列来了拉维·泰德哈尔，意大利来了弗朗西斯科·沃尔索和图里奥·阿沃莱多。我邀请这些人的标准基本一致——必须能在本土科幻领域占据重要地位，并且能在世界科幻领域中有影响力。对话非常精彩，在座的听众都受到鼓舞、触动、警示和激发。会后，我找到其中的弗朗西斯科·沃尔索，向他表示深深的感谢。是他的协助才让我们能找到这么多大师，解决了他们前往中国的各种困难，才让他们能把最优秀的思想跟中国的同行分享。

提起弗朗西斯科·沃尔索，我必须多说许多。如果说今天中国科幻在世界上取得这样的地位，跟刘宇昆这样生活在海外的华裔科幻作家的努力不无关系，那么也必须说，这也跟日本学者立原透耶、上原香，意大利作家沃尔索等人关系密切。他们也是不遗余力，不惜花费时间精力，用自己微薄的力量推动中国科幻走向世界的重要人物。

我第一次见到沃尔索，是在意大利留学生彩云的帮助下进行的。彩云在威尼斯大学学习中文，在研究中国科幻时发现了韩松。

这个发现让她一直走下去，不但读完了硕士，还读到了博士。为了了解韩松的科幻创作状况，彩云对我进行过采访。后来，又让我认识了沃尔索。

任何人见到沃尔索，都会有一种如同见到老朋友的感觉。他开朗坦诚，不矫揉造作。虽然自己的作品在意大利和欧洲屡获科幻大奖，但他一点没有大奖得主的那种牛气劲儿。我们聊了许多事情。他说他听过彩云有关中国科幻的介绍，也看了一些翻译的作品，感觉像久别重逢，科幻的希望就在中国。此后，他安排我去意大利访问，带着我走访了罗马、威尼斯、都灵、那不勒斯四个城市，安排我跟当地的科幻作家和大学生交往，我们交流了许多，我也学到许多。我至今仍然记得他骑着摩托带着我冲到罗马大街奔向斗兽场的那个激动时刻，也记得他带着我看到那些仍然耸立的古罗马建筑遗址时的崇敬心情。在威尼斯街上请我吃饭的时候，我第一次见到沃尔索美丽的妻子，也是第一次听他讲，他跟她，两个完全不在一个语言体系和成长区域的人怎么通过 ICQ 相互结识，最终走到了一起并生下了宝贝女儿的故事。在沃尔索家里吃饭的时候，他拿出从中国带去的茶叶招待我，谈到许多事情的时候我感慨跟他们之间居然有那么多共通感。这几年沃尔索一直坚持在世界各国推广中国科幻。他用自己创作挣到的钱办了一个小出版社，这个出版社立志要打破英美大出版社的垄断，要把类似中国这样的具有科幻成长力的文化力量展现出来。几年来，他组织翻译出版了两本英文版世界科幻小说选、一本欧洲科幻小说选、一大堆意大利文的各国科幻小说、十本中国科幻小说选。不但如此，他还在网络平台上或线下举办关于中国的科幻讲座、研讨。他提出的“未来小说”的概念，正在向世界逐渐推广；他参与的“太阳朋克”的创作，也逐渐厘清了理念，发展起来。我感觉他是个超人，一个人能在做这么多事情的同时，保持创作量不减——五本长篇小说、一打短篇小说，所有这些成果着实是一件令人无法理解的事情。

放在您眼前的两本书，是从沃尔索最有代表性的作品中选择出来的。其中获得过 2021 年奥德赛奖和 2013 年意大利科幻奖的《继人类》讲述的是这样一个故事：未来，消费主义泛滥，垃圾过剩产生，自然资源严重匮乏，疾病丛生，社会管理制度也走向崩溃。此时，生物资源变得比其他资源都更加稀缺。主人公在童年时代爱上了一个继人类的女孩，但这个女孩被他哥哥和他们的黑帮杀害，主人公侥幸获得了被杀继人类女孩的躯体最重要的头部，并一直保留，想要找到其他部分并恢复她的全貌。故事中的继人类不是我们这种天生的人类，但他们具有仿生物的躯体和真人上传而来的意识。在作品中，继人类是人类的高级形态，但却没有被社会承认。于是，围绕两种不同等级的人类，小说展现出主人公的爱恨情仇。而获得过 2015 年乌拉尼亚奖的《猎血人》讲述的是在不太遥远的未来，由于人类的血液病很多，治疗的方法需要换血，但血液严重不足。于是，一种强制性的血税制度被建立起来。故事的主人公就是所谓“血暴组”的成员，他们的目标是按照税法对拒不交税的人施用刑罚，强制抽血。我不想讲太多故事情节，免得读者在阅读过程中感到失望。但从这个基础的设定，已经可以看出其中的想象力和小说对社会问题介入的深度与广度。

两部作品都是典型的赛博朋克小说，都是关于后人类的主题。但因为历史发展的过程、故事的发生背景又跟我们当前的世界有所联系，我们明显能看出，故事中的世界就是我们世界的未来延续。在那样的世界里，电子游戏、意识上传、人造义肢、基因编辑等都是生活中的常态。由于我们所沿袭的这个世界缺乏管理，而我们自己正在对未来失去乐观心态，所以才走到那样的一步。我觉得沃尔索的小说不是以故事取胜的，更多的是通过叙事在讨论一系列有关我们正在进入的这个世界的严肃社会问题和道德问题。我们需要技术这么发达吗？在这样的状态下我们是否已经被囚禁？如果打破囚禁，我们所保有的那些品行中，什么是最重要的？至少在他的科幻小说中，我能看到爱、奉献、利他主义仍然被褒奖。但这点东西，是否足够我们应付未来，就看读者自己的感受了。

疫情之后，弗朗西斯科·沃尔索一直想着能再来中国。他目前担任重庆钓鱼城科幻中心的主任一职。跟其他担任名誉职务的国外作家学者不同，他与这个中心保持着非常密切的接触，应该说是真正把自己当成了中心的一个成员，而且是对未来发展有着义务和担当的成员。我们深圳南方科技大学科学与人类想象力研究中心也期待他再度来访。这一次，我要拿着两本新书找他签名。我相信，他也会为能有这么多中国读者阅读自己的作品感到高兴。

是为序。

目录
CONTENTS

为避免先入为主的预判，我必须声明：这不是一个关于血的故事。

故事里有提到血，但理由也许跟你想的不同。简而言之，表象具有欺骗性。

血避

规则一：心脏是输出血液的器官，而不是输出情感。

我浑身滴汗，弓着背坐在沙发里，并将止血带绑到胳膊上，深深勒进皮肤。我用拳头捶了两下肌肉，然后打开一个镀镍的盒子，里面是我的普拉瓦兹皮下注射器，由闪亮悦目的铬金属制成。我把它取出来，挑了个中等大小的针头。我不想重复扎同一根血管，以免它变得脆弱疲惫，拒绝合作。

我从桌上散乱的器件中翻出 iPod 遥控器，按下播放键。歌单中第一首是专家乐队的《给你的短信，卢蒂》。

我喜欢注射器手柄圆滑的手感，仿佛手臂的外延。相较而言，各种一次性塑料针筒都只不过是玩具而已，包括带有便捷式针头装卸系统的最新型含硅产品。抛弃型的廉价垃圾代表了当今这个懒惰而追求舒适的时代。

经过又一轮翻找之后，我扒拉出另一个遥控器，一遍遍地尝试用它启动空调，但空调毫无反应。我站起来拨弄空调上的按钮，然而它完全没有给闷热滞塞的空气降点温的意思。空调在我最需要的时候坏掉了。天气闷热，我的后背已经湿透，汗珠滴进眼睛里。我放弃了，从咖啡桌抽屉里掏出一个 450 毫升容量的塑料袋。这就是所谓液体黄金，幸福与满足的保障。

我已准备好针头，准备插入。

我抬头看了一眼客厅天花板，那上面的墨西哥海报就像在嘲笑我。跟瑟希莉亚一起去图卢姆的时候，我俩是名副其实的情侣，而现在却几乎想不起偶尔互发一条短信。

我晃了晃注射器，轻轻弹两下针筒。如果瑟希莉亚在身边，我就不是用针头插入了。不过我不抱怨……分手后，我接受了现实，其实最好也是这样。没有争吵，没有麻烦，没有后悔。

我轻轻地将针头推入胳膊，针孔在皮肤上留下淡红色阴影，有点像淤青，或者说更像是阳光照不到的地方偶尔出现的暗疮。你明白我的意思。别告诉我你不明白。

很奇怪，有时候，各种念头会一个接一个冒出来，使人心不在焉。许多年前，我抽血时盯着自己的胳膊，但现在，整个动作一气呵成，我更专注于注射器的针筒。有经验的人都知道，这是所有好事的开端。

相信我：我是戳孔专家。喜欢我们的人称我们为“打孔机”……细想起来，那些内心深处对我们充满嫉妒和嫌恶的人，那些把我们视为社会堕落征兆的人，其实也是这样称呼我们的。

堕落，哈！……世风日下又不是我们的错，对不对？我把活塞往回抽，注视着棱形活塞柱从玻璃管里缓缓滑出。抽完第一袋，我感觉虚弱无力，就像刚刚跑完步，刚刚完成一次全速冲刺……有这种世界末日般的兴奋狂潮，谁还需要旅行？尽管看起来不像那么回事，但我所做的其实只是一种预防措施：有些俗话永远不过时，比如，“30 天抽一管，税务员不来找麻烦”。

不管怎样，我的胳膊已经再也感觉不到刺痛。

我倚靠在沙发背上，但我知道，如果不想年底冒任何风险，就得再抽一袋。规则很简单：积少成多，零存整取。这一点我当然很清楚，但要跟瑟希莉亚解释……

尽管我抽的血帮她还清了颧骨整容、乳房保养和大腿塑形的血税份额，但她仍声称无法忍受我把工作看得比她更重。

她说背叛有许多形式，工作狂是其中之一，她说那跟滥交一样糟糕。有时候她的脑子不是很清楚，但说到底，她是对的。她总是那么顽固，我回到家，她就责怪我，说我这件事没有干，那个地方没有去。在这种情况下，我绝不可能让她怀孕。这不是我想象中的家庭生活，只会让我更愿意去上班，哪怕是干我那样的工作。

瑟希莉亚看明白这一点之后，就立刻从我面前消失了。有一天早晨，我们正在托纳托拉咖啡馆吃早餐，她忽然就把我甩了；你知道女人有时候就是这样，她们默默地忍受，直到再也忍不下去，然后把新的现实甩到你脸上，一切就这样永远地改变了，没有犹豫，没有懊悔。前一刻我还在小口啜饮着玛奇朵咖啡，下一刻她的戒指就搁在了盛放羊角面包的盘子里。

但瑟希莉亚至少利用房地产界的关系替我在黄金大厦顶层找到一间住房。她没有亲自来，只是给我发了个通知。

换袋子的时候，我让针头留在血管里。

袋子里液体迅速增加，我能感觉到它在手中膨胀；这就好像我的体能大量传输出去，身体相应变得虚弱。

我再次把活塞往后抽，让血液充满针筒，然后拔出针头，将那位忠实的老朋友放回盒子。袋子里的魔药将被送往九月二十日街的血库里安全保存。这是今年第六袋，将近 3 升的鲜血。论绝对数量也许不算多，但这是一种预防措施，是“吾身之血”，可以用来抵我的年度税额。

打个不准确的比方，我想留一点应急资产，以备不时之需。

其实凶兆早已出现，就像黑沉沉的乌云悬在头顶。我从来就不太相信保险公司，更不相信血液预存计划。如果有人挨家挨户敲门推销，我要做的第一件事就是出示自己的血税员徽章。这能让他们退避三舍，不再扯什么“避免入院治疗时可能出现的法律纠纷”，也能让他们不再像狗衔着骨头一样不松口，就像对待可怜的老伙计伊拉利奥，因为他们知道，他有个妹妹叫弥尔娜。他们将各种狡诈的年度保单强行推销给他。保单客户可以得到供血保证：在这一年中，假如客户或其家人需要使用一定的血额，保险公司会负责买单。

他们不敢骗我，但他们知道弥尔娜患有血友症。

我把自己的血看得很紧。

我在浴室擦手时，智能手机响了起来，是紧急血务。

我心中暗骂谁会在星期六工作，但我已经知道，只可能是那两个搭档。“嘿，艾伦？我是伊拉利奥，你最好快点过来……”

“这次你又干什么了？”

我通过视频电话看到他，心里已经有了几分底。他的脸上沾满半干的血珠，连头发上都在滴血，他的金发已经变成近乎红铜色。

“听我说，别生气，但……这女人没法抽血。再多一滴，她就要被抽干了。”

说到这里，我最好自我介绍一下：我叫艾伦·寇斯塔，我手下的血税征集队叫作“血暴组”，效力于艾莫里·西拉基的血原公司，我们的任务是带着针头搜刮血液。这份工作收入不错，我每个月都能还清房贷，也没人追着我抽血。

“真要命，伊拉利奥……你在哪儿呢？”

“我们在她朋友家里逮到她。我们一到，她朋友就跑了，他一定是从窗户看到我们了，但她跑不掉，因为身上还插着管子。那个混蛋撇下她一个人……我们在劳伦蒂诺区 38 地块，也就是伊尼亚齐奥·西洛内街 107 号，10 楼，就在社区中心上面。快，艾伦，快点……情况不太妙。”

没错，我的循环系统里刚刚少了 3 升血。我只能尽量设法改善处境，因此嚼了两份生血能量棒，以恢复体力。牛奶味，我最喜欢的口味。

“好，我这就来……但你们俩别浪费时间，至少清理一下现场，还有，快把自己也收拾干净。”

*

当我到达采血现场时，发现伊拉利奥和另一个蠢货法利德浑身是血，甚至还夹杂着别的液体，我最好还是不要说出来。他们俩看上去就像是两只刚刚享用完免费餐食的蚊子。

“愿真主赐你平安。”

法利德用阿拉伯语说。他戴着一顶土耳其毡帽，穿一件花里胡哨的背心，以一种衣冠楚楚的霸凌者姿态倚着墙。那是他一贯的作风。

“阿门！我告诉过你多少回了，别在制服外面穿那鬼东西。这看起来太怪异了……”

他嗤之以鼻，脖子上挂的耳机里传出多莉·艾莫丝的《穆罕默德，我的朋友》。干活的时候，他一天至少听 20 遍。

伊拉利奥正在舔一支刚卷好的烟。

“啊，你来了……你看上去就跟没睡觉一样……”

“这得感谢你们。快告诉我，她在哪儿，叫什么名字？”

我的同僚点燃卷烟，在裤腿上擦了擦脏手，然后指向对面的房间。一股浓烈的气味冲入我的鼻孔，毫无意外，我发现这地方就像是刚进行过一场斗牛。

“安妮莎·马利萨诺，37 岁，画家。”

我能嗅到空气中血和皮肤的气味。更确切地说，我能嗅出布满针孔的皮肤的气味。我戴上一副医用橡胶手套，这东西你也许用过无数次，但我敢打赌，你从来不必拿着针头，强行给一个拒绝你接近的人抽血。

“她现在平静下来了，但你该看看她刚才的表现……她很难对付，艾伦。”

伊拉利奥的发型十分古怪，额头上那簇晃动的金发就像是一顶荒诞的帽子。法利德的眼睛上方长着两道浓密的眉毛；他正站在安全距离之外，用针头剔指甲。

艾莫里总是派给我这种废物，什么事都不认真对待，有些还是连自己都管不好的蠢货。幸运的是，这种人总是最先消失，甚至不超过一个月。有的人采血 3 天就退出了。但伊拉利奥不一样，他很能干。他头脑非常清楚，尤其是对付男人。换句话说，他了解他们的想法。

他只花了 6 个月就从最低等级的“蚊子”，变得像个经验丰富的“蚂蟥”级成员。不过在我看来，他依然是“麻烦”。

你要是看他执行任务，一定会感到惊讶，他有无数种方法让逃税者分心。他跟他们若无其事地聊天，挤一挤眼，推搡一把，用足球或者其他乱七八糟的话题让他们放松警惕，卷起衣袖。

不过这一次面对安妮莎，他显然搞砸了。我能从卧室门口看到她，情况不太妙，说得更坦白一点，她的状态简直一团糟。屋里到处是骇人的血渍，地上散落着碎裂的试管、清洁棉片、消毒纱布、彩色蝴蝶阀、掰弯的一次性注射器、破碎的吸液管、手指刺血针、探测针、路厄注射器接头。事实上，这些都是血暴组成员的工具。

“你为什么苦着脸，艾伦？你对贫血美女过敏吗？”

“闭嘴，看看你们两个针筒狂人干的好事。”

那女孩意识不清，迷迷糊糊，手掌向上摊开，眼睑不停地翻动。她的手腕上悬着一截绷带，一直垂到脚下，眼睛周围的黑圈并非化妆。

“你懂什么？也许你就是这样对付女孩子的。先来硬的，然后又认㞞，因为你怕她们被惹火了破罐破摔。我先前就跟法利德讲，有时候最好不要……”

“我告诉你闭嘴……这太鲁莽了，不是咱们的行事方式。咱们是猎血人，不是三流医生。”

安妮莎被扔到一张单人沙发里，一条腿搁在扶手上，另一条腿歪斜着。她的双臂向外张开，仿佛献祭的处女，皮肤的质地就像橡胶，浑身布满伊拉利奥和法利德的指印。

“你们应该抽多少？”

他显得很恼火，将强制采血令扔到我面前，然后指了指剩下的几个小玻璃瓶，那是他们在打斗中保住的，数量不太多。

“她被控全额逃税。她反抗我们……不知道的还以为我们要强暴她。”

她的眼睛只睁开一条缝，但我能看出里面充血很严重。她穿着一件绿色无袖运动服，裸露的胳膊上布满印痕，有紫色的条纹，也有青色的圆圈，那都是自己抽血留下的“勋章”。

“你们俩老是出岔子……我要求不高，但我想说，你们没注意到她是个捐血者？那些不是我们的针孔。见鬼，你们动手前就没用蝴蝶阀核查一下？”

法利德在门口探头探脑地张望。对他来说，蝴蝶就只是随风飞舞的虫子。幸运的是，伊拉利奥意识到我们的处境很危险。

干这一行，你得学会远远地就嗅到失败的气味。最糟糕的是那种自以为什么都懂的家伙。比如法利德，他经常需要提醒，说得我舌头都快磨破了。从第一天起，他出手就很重，只要有谁拒绝针筒，他立刻能把那人给活剥了。他非但不愿向经验丰富的同僚学习，最终还会挤走像伊拉利奥这样能干的职员。

安妮莎精神涣散，她故意把头扭开，仿佛不愿理睬我们。

“蠢货……她的献血记录呢？你们敢不敢打赌，她的血型是 O 型 RH 阴性？”

伊拉利奥翻弄着文件夹，没有说话。也许我不该这么快提拔他成为蚂蟥级。至于法利德，他就是在不停地证明自己是个自作聪明的混蛋。无论他自我感觉多么良好，都绝不可能晋升。

“什么，你认为她是绿林义血会的？”

“没错，蠢货……你没注意到她那苍白的脸和稻草色的血吗？她经常献血，所以才没有多余的给血税局。看看，一年内 3 次入院，有两次差点死了。如果你们不去查，要记录有什么用？”

我撕掉她嘴上的胶带。那是我的同僚们贴的，为了不让她出声。然后我松开她脖子上的止血带。她的脖子像果冻一样瘫软下来，仿佛血液循环受阻反而使她变得更坚强。这是个愤怒而倔强的美女。由于血压不足，她前臂和脑侧的血管都瘪了下去，而手腕和脚上的血管更像干涸的河流。安妮莎·马利萨诺虽然意识迟钝，但仍能听见我们的对话，她的嘴角向上翘起，露出嘲讽的微笑。

我瞥了一眼窗口。我能看到远处的环城高速。接着，我听到一种嘶嘶的啸叫声，而且越来越尖锐。这让我警觉起来。最后，模糊的预兆变成正面的冲击，我意识到自己别无选择。

“离那扇窗远一点！”

话音刚落，一颗 10 千克重的大雪球便撞入窗户，把窗玻璃砸得粉碎。这是怎么回事？雪球？在罗马？六月？

我双手抵住伊拉利奥的胸口，将他一把推开，然后飞快地跑出屋子，与此同时，有个黑影落到地板上。法利德用工具箱里的镜子观察屋内的状况。

“给我！”

我从他手中夺过镜子，镜像中有个穿仿制军装的人背起安妮莎，准备从窗口跳出去。我把头探进门里，手中挥舞着强制采血令。

“住手！你这是帮助和纵容逃税者，根据法律规定，惩罚是强制采血！”

“去你的法律！采你个鬼！”

一名女子朝着我竖起中指。她体格健壮，仿佛北欧传说中的女武神布伦希尔德。她扎了一头金色的辫子，目光锋利得就像 20 号针头。

“绿林义血会向你问好……”

说着，她将一个小瓶往地上一扔，释出一股淡蓝色烟雾，那味道比罗马公共厕所里的破旧小便池还要臭。这是毒血，是变质的血，是逃税者的血。我们的眼睛里充满泪水。

布伦希尔德将一根登山钉射入建筑外墙，然后跃入 30 米高的空中。我一到窗台边，就看见她正将缠在腰间的绳索放出来。一阵旋转下坠之后，她轻松地落到路面上，旁边有辆皮卡，车身侧面镶着一排红字：“奥温多利镇马格诺拉滑雪场”。

只要再配上唱歌的矮人、大象拖车和驯化的猎鹰，罗宾汉义军的马戏排场就齐全了。

“见鬼……每次都这样，意大利的古老文化碎成了渣，只有那些鲁莽的窝囊废给我们上演好戏。”

然后，仿佛羞辱还不够似的，天开始下雨了，雨点砸在窗台上，犹如暧昧的东方式卡拉OK小调。我的怒气勃然升起……

“老天……消消火，老兄。你看到那神奇女侠了吗？”

“消火？这是彻头彻尾的羞辱。伊拉利奥，咱们彻底被耍了。快点，赶紧收拾一下，别站着干瞪眼。我没心情忍受那些穿灰制服的耗子吱吱乱叫。”

“咱们管得着吗？只要离开现场就行……这烂摊子是绿林义血会搞的，不是咱们。”

“这烂摊子？你们俩听着，别跟我胡搅蛮缠。用你们的蠢脑壳想一想，咱们是血暴组，不是《现代血示录》里的疯子。”

法利德不愿离开窗台。

“皮卡拐上了劳伦提纳街。”

就连他也有点激动，他平时最多只会用挖鼻孔或者掏耳朵来发泄怒气。

“咱们如果赶紧行动，也许能追上，对不对，老大？”

我扇了一把他的招风耳。就凭他还想要晋升？哦，当然，为什么不行？等到机枢主教自愿向血税局缴血的时候吧……

血暴组成员可没那么容易当。

“咱们有她的地址。我打算拜访一下这个安妮莎。”

生命之血

规则二：有血的地方不一定有尸体，但有尸体的地方一定有血。

“哦，糟糕！”

黄金大厦外的停车场已然成为露天厕所。整个区域遭到成百上千只鸽子轮番轰炸，我的税警车也没能躲过。

我花了五分钟把车门弄干净，然后赶在又一轮攻击之前钻了进去。在税警车里，我查看了本周的采血进度。

制冷装置一直在运转，外面气温高达 39℃，而车里的血袋始终保持 4℃低温。转眼间，夜里出的汗全都干了，我不再浑身黏糊糊的。空调服务公司一到夏季便非常忙碌，需要应对各种安装和修理业务，不过我终于预约到一家，两周后来维修，假如我能活那么久的话……我也试过其他公司，但如果你不是他们的老客户，根本就没机会。

此时此刻，在税警车的折叠躺椅里伸个懒腰要比躺在黄金大厦顶层的微型公寓里辗转反侧性价比更高：我需要为公寓那多出来的几个平方米每月偿还 900 欧元房贷，持续 160 个月。

那些袋子里除了血，还有柠檬酸、柠檬酸钠、葡萄糖、磷酸二氢钠等抗凝血成分。别问我是不是真的，我只会读标签。反正我相信艾莫里，就像相信上帝。

血袋必须直立存放，小心处置，也不能经常移动，否则会起沫，产生太多气泡，甚至进入糟糕的溶血状态，那意味着袋子里的血液、血浆和所有其他成分只能全部扔掉。在谨慎处理之下，纳税人的血最多可保存 50 天，不像当初我上战场的时候，一个小伤口就有致命的风险。我的一些同事，比如“角斗士”马基奥·坡里尼,“蛋头”吉安卡洛·索尔蒂尼等，他们认为失血是最好的死法，因为失去意识之后便不再感到疼痛。这根本就是瞎扯。

我不知道，其实他们也不知道。我只知道，他们把针头插进我的血管，让我不必把自己的血捐献给万能的造物主。

离开大厦之后，我沿着奥雷利亚环路来到伊尔内里奥广场，然后拐入奥林匹克街拥堵的车流。这条花花绿绿的大蛇已经存在了 2 000 年，永不消失，永不变更，是意大利乃至全世界城市堵车大赛的参与者之一。

在罗马，你只能以恒定的速度移动，不管是载游客的马车还是炫目的法拉利或者警笛嘶鸣的税警车，都无法突破这一限制。安全岛上挂了成百上千幅广告，但我的注意力被卢西奥·萨吉欧·卡塔帕诺的海报所吸引。他是大众责任改革党的国会议员，以各种各样的理由躲了我们3年。他这类人不愿遵从我们的章程与规则，每天都在琢磨逃避血税的新方法，就好像他们的血比我们的更高贵似的……总有一天，我们要把抽血机接入他的血管，然后开足马力猛吸。为了让大众察觉到这类高级别的血税逃避者，艾莫里花费了大量金钱进行宣传。

海报上，卡塔帕诺正在泳池边就着一根吸管喝鸡尾酒，他那张愉快而傲慢的大脸上有一行闪着磷光的文字，即使在夜间也很清晰：

逃税者，你的好日子不多了！

车流缓慢地移动，把我的思绪带到过去。那时候，我也只能像这样缓缓前进，为了不到一千米的距离，我得趴在地上一点一点挪动。那时候，我也身穿制服，但不是去抽血，而是要把地雷埋到敌人的领地。

为入伍，我修改了证件上的年龄，以骗过民兵大道的军事招募人员，但我没想到会分派到如此可怕的工作。

我一个月前才离开科技学院，不知何去何从。当时，我已无心再坐到课桌边学习，但我不像其他学生那样厌恶辛苦的工作。也许我只是太闲了。不管怎么说，我只是把服兵役的时间提前了一点。

我是个名副其实的布雷兵，具体来说，就是要把会爆炸的比萨饼埋进泥地里，但表面上不露痕迹。地雷是看不出来的，我是会牺牲的。这种事人们通常并不知道，可以说很不人道。我们需要布设一道防线，只不过那并不是我们的国土。

古时候，他们把人从塔佩岩悬崖扔下来，看看是否能够存活。我感觉自己就是这种被扔下来摔残的人。也许还有人下注赌我们的命运，以图赚几个小钱。

在我之前，有 4 个家伙一去不返，他们无法再在餐厅里一边吃饭一边讲述遭遇。只有“角斗士”马基奥回来了，但他失去了双腿。

如今，我可以享受税警车里凉爽的空气，但那时候，我成天浑身冒汗，防弹服底下的内衣里一直在流汗，甚至袜子和内裤里也在流汗。中东炽热的阳光下，我血管里的血似乎也变成了汗水。

长话短说，抵达目的地之后，我发现自己口渴极了。我的意识和理智全都被这种强烈的感觉所支配。从十小时之前的黎明时分开始，我就没喝过一点东西。你无法控制口渴，它比饥饿更可恶，更折磨人。你甚至无法假装不以为意，因为它会吞噬你的大脑，逼得你精神错乱。

想象一下，你先是因为水土不服而腹泻，然后趴在地上不停地从一处墙根爬到另一处墙根，同时又被难忍的酷热抽干了体内的水分与矿物质——我当时的状态差不多就是这样。

假如我想在附近找水，只需一个错误的举动，便会招致暴雨般的子弹。我的嘴干渴难耐，然而无论望向哪个方向，似乎都有敌人的身影在晃动。

到处都是敌人，就像此刻跟在我车后面的那些家伙，他们在吉亚尼柯伦斯岔道口趁着红灯把一辆配有防弹装甲的车停到我旁边，跟我的车只隔着半根小指头的距离，我自己屁股底下的影子都没挨那么近。我开大音量，用滚石乐队的《同情恶魔》轰炸他们，提醒他们谁才值得同情。他们发现我坐的是税警车，于是开始假装满不在乎，手指敲击着方向盘，视线望向别处，装作努力打着节拍……

红灯转绿之后，他们不敢再超车，似乎都成了谨慎谦让的好司机，像撒玛利亚人[①]一样友善。

接着，我记起清真寺前那片被集束炸弹反复摧残的阶梯，以及一个透明的瓶子。我以为那浅蓝色塑料瓶只不过是脱水造成的幻觉。

尽管我已经渴得无法集中精神，但仍查看了一下周围环境。没有异常。我知道自己没有错，在这种时候，水就跟血一样珍贵。在战场上，两者缺一不可，否则都是极其痛苦的事。

我并没有真正年满18岁，如果我因为“急需喝水”而要求停止行动，他们会训斥我一番，然后毫不犹豫地把我除名。即使他们同意了，最好的情况也是艾莫里让我洗一辈子厕所。这显然不利于我在军队里生存。

因此，我悄悄爬向清真寺的阶梯末端，犹如口渴的动物接近水源。我伸手去取那个瓶子。一定是有人把它忘在这里了。不幸的是，就在我仰头把水灌进喉咙时，那人又想起了它。

我的防弹服胸板上发出一声闷响。接着，我的右腿也挨了一颗子弹。

我丢下那半瓶水，它直立着落到地上。我喝到了水，却面临着失血。

---

① 指好心人、见义勇为者。

台阶上这个显眼的瓶子究竟是巧妙的陷阱，还是命运无意间的作弄，我无暇细想。

我只知道，大腿上的创口伤到了股动脉，最多3分钟，我就得跟自己的小命说拜拜了。如果被割喉，那大概是15秒不到。知道这些是因为艾莫里教过我。是他让我成为血暴组成员。

到了白桥附近，我沿着下坡路驶向波图恩斯街。血原公司的仓库建在圣卡米洛医院废弃的侧楼里。

我把税警车停好，这片区域里到处都是跟我的税警车一样的车。我从车里钻出来，手中提着储血箱。我们使用的型号是MT67F，那是个轻巧的聚乙烯容器，净重仅600克，可存放24袋450毫升的血，存储时间达120小时以上。

它有点像特百惠塑料盒，盖子四边各有一片搭扣，合上即可密封。盒子底部具有弹性，能起到一定防震作用。它的塑料材质很结实，可以抵抗划痕，轻微的擦刮似乎还会自动修复。还有一件事需要记住，如果你把MT67F的盖子揭掉，它就像是鲜血手雷。而空盒子则可以抵挡各类刀具，就连“嗨嚯”都从来没能打坏过，无论是用手还是用脚。“嗨嚯”是西罗马分队头领“短一截”手下的武术大师。他的头发就像是用包比萨的纸上过油似的。他总是嘲笑我们说：“我身体的每个部位都是武器，而你们的身体就只是装满内脏的肉袋而已。”他的身体也许是致命的武器，但

MT67F 将他轻松击败。

“角斗士”马基奥·坡里尼在一棵棕榈树的阴影里捋着胡子，目光停留在我的液体珍宝上。他朝我露出一丝微笑，满嘴金牙匆匆一闪。这也是他在前线付出的代价之一。他手下的血暴组成员包括“蛋头”“沼泽鸟”和“懒骨头”。其中“懒骨头”是个来自马扎拉德瓦洛的小个子。这群家伙可以毫无顾忌地用动物血冒充人血，或者把针头插进不该插的地方采血。幸运的是，一旦艾莫里逮到他们作弊，他的吼声能一直传到波图恩斯山。

从专业角度来讲，我才不在乎，然而作为客户，你肯定会注意到那不是人血。你尽可以混入各种化学添加剂，但血是不会撒谎的。归根到底，我们的征血处有一种激励机制，基于业务总量，亦即每年的采血量之和，你可以得到一小笔奖励，因此在这件事上，我很支持艾莫里。

至于我和我的团队，一直都严格保持低调，我们更喜欢利用游荡的秘密线人来获取有价值的情报，比如穿行于城区的吉卜赛人，或者永远竖着耳朵的流浪汉。

面对血仓的车库，我看到艾莫里·西拉基正弓着背站在门口，热情地欢迎我回到血原公司总部。那其实就是征血处的后门。在征血处，血税的征收有条不紊，一切都按字母排序，人们在预约的时间到来，一手握饮料，一手握杂志。

艾莫里依然穿着迷彩服，在巴尔干战场上他就是穿这身衣服，后来跟我们一起在中东也是一样，区别在于，眼前这场战争并非出于军事目的，而是为了商业利益。

我的头脑中又浮现出一段记忆。我在痛苦中捱了将近两分钟，灰尘与沙粒纷纷落到我脸颊上。我感觉恐惧从咽喉中升起，仿佛一大团唾液。我体内留存的盐分渗漏出来，覆满眼圈、嘴角和额头。接着，一支炙热的来福枪管戳进我的右鼻孔。我急促地喘息起来。更糟的是，我的心脏跳动越激烈，就有越多的血白白流淌到地上。

来福枪的另一端是个小女孩，最多 10 岁或 11 岁。她蒙着透明面纱，但没有戴任何形式的头巾。她犹豫地挤出半个微笑，我发现她缺了两颗门牙。枪管顶端闻起来有木头、皮革和山羊的气味。她今天一定用它干过许多事。她太小了，手中的这件武器几乎跟她一样高。

片刻间，我感觉一阵窒息，不得不使劲吸气。这一现象在我们血暴组的日常工作中太常见了：理论上，这叫“呼吸性碱中毒”，是一种由恐惧引起的症状，血中的二氧化碳含量急速上升，使得血液由酸性转化为碱性。化学课归化学课，但这不是闹着玩的……

她握住瓶子，礼节性地扭过头去，撩起面纱喝水。一颗子弹射入她的两片肩胛骨之间，她立刻跌倒在地。

吉普车引擎的轰鸣声逐渐接近，没多久，艾莫里的身影出现在我的上方，将我拖拽到安全之处。他是战区的军医，但他的职责不仅限于普通医生的范畴。在战争中，治疗士兵不是为了让他们痊愈，而是让他们尽快回去执行任务。失去意识前，我只记得吉普车的收音机里飘来平克·弗洛伊德乐队的《再见蓝天》。

“这星期怎么样，艾伦？”

他的鼻子犹如一根弯弯的黄瓜，让他看起来像是屋顶上的石像鬼，而他似乎也跟那些怪兽一样，喜欢居高临下观察这个世界，居心叵测，属于十足的机会主义者。之所以说他机会主义，是因为他跟过去一样，经常负责一些不太正统的任务，而这还是比较委婉的说法。

我很相信我们的“圣经”《血暴组手册》，其内容包含血液学知识、静脉切割术教程、税法原则，以及一点点政治经济学。另外，在艾莫里的特别要求下，还加入了少许东方哲学。不过不得不承认，这很容易让外人觉得我们对待纳税人似乎太过刻薄与偏激。

老伙计艾莫里坐在那里期盼地搓着手，等待我们把每一滴血送进仓库。作为一名优秀的采血员，我是他的工具与助手，为他搜集战利品，用源源不断的血浆换取我每月需要支付的房屋贷款。照这样下去，我的履历很快就会像是一名中世纪军阀。

“我们征收到 95% 的待缴税额，但有个案例出了问题。”

“什么问题？”

“安妮莎 · 马利萨诺，全额逃税，一次都没缴过。绿林义血会的一支小分队帮助她逃跑了。我们只抽到 20% 的应缴额度。”

艾莫里沉默地注视着我，显得老谋深算。他脑袋上架着的不锈钢眼镜框就像是某种外科手术工具。我太了解他那副怜悯的表情了，或者说，这是一种基于职业标准的失望，仿佛既不知如何解释，又无法接受一丝半点的失败。

他摇摇头，显得很不屑。我发誓，假如他扯什么抽血技术，或者朝着我的脸摇晃手指对我说教，我一定会发作。

“给我看看她的献血记录。”

他嗓音粗哑，就像是打呼噜。

“她是个冲动型捐血者，所以绿林义血会把她劫走了。也许她就是其中一员。而且很明显，她身上有奇怪的疤痕。”

我将报告书交给艾莫里，他粗略地扫了一眼，然后捏捏那些血袋，随意抓起一袋在手里掂量。他仔细查看，寻找血块、气泡或者其他问题。

缺失的血额让他眼中充满痛苦，就跟当初看到我受伤时一模一样。他一直等到目标从藏身处出来之后才出手。我从没问过他，是否会为了救我而拿自己的性命冒险。我从没问过他，假如小女孩躲着不出来会怎样。我也从来不敢问他，我为了捡那瓶水是不是愚蠢透顶。小女孩一动不动地躺在地上，来福枪就挂在她脖子上。她早就死了，不复存在，但我的思绪经常回到当时当地，次数也许有点多。内疚大概也属正常，但这内疚是属于我还是那该死的瓶子？

吉普车里，艾莫里给我输阴性 0 号人造血。这是非常昂贵的治疗方法，仍在测试阶段。若干小时后，我又输了五次自然血。如今，他仍像过去一样帮助我生存，每次我圆满完成任务，他都会支付报酬。

“税就像是上帝，亲爱的艾伦……只有找到并惩罚逃税者，他才可能获得救赎。尘归尘，血归血。”

艾莫里打开一个血袋，用手指伸进去蘸了蘸，送入口中品尝。血在他嘴里化开时一定是金属的味道，富含血红蛋白。想想吧，黄金是一种金属，而血液中也承载着金属。这是不是多少也说明了血的经济价值？另外，安慰剂和各种假造的血液都没有任何味道。人造细胞跟血红细胞的功能相同，但它们不是真正的血，而且无法用来制造生血能量棒。

反正你骗不过艾莫里，他是专业的品血师，能凭味道分辨血型。有人夸张地说，艾莫里的能力不止于此，他甚至还可以通过血液窥探人们的灵魂，因为血是一种具有魔力的液体，包含了各种个人信息。我指的不仅仅是普通血样分析所揭示的饮食习惯和疾病，还包括所有私底下的危险举动和非法行为，这些一旦揭露出来，你的前途将变得脆弱易碎。

在奥斯汀斯河滨街的实验室里，人们送给他一个昵称：血地精。

“我明白了，不过安妮莎是公共捐血者，我的行动受到制约。我需要一张法院庭谕把她揪出来……”

“你会拿到庭谕的。我们的业务容不得绿林义血会公然干涉。违反税法的行为就算很轻微，也有可能演变成大问题。假如你打碎一扇窗户，然后发现没人来管，你就会觉得打碎所有的窗户都没关系。”

我在医院疗伤期间，艾莫里常常陪在我病床边，跟我解释他的详细计划。当时他在军队高层已有一些人脉，因此只需通过国防部联系财政部即可。

他还告诉我，他母亲叫娜塔莎，是一名流落到东德的俄国人。小时候，为了治疗他的缺铁症，母亲会给他买血红素糖。那是一种药物糖果，由牲畜的血和糖浆制成。

在苏联，它曾被用来治疗贫血。他母亲委托一些在伊斯坦布尔、德累斯顿和萨拉托夫之间做皮革生意的朋友偷运进来。

它还有一种供儿童服用的液态产品，类似于掺了糖浆、抗坏血酸和蜂蜜的炼乳。

艾莫里特别喜欢此类食品。

在前线，他的任务是救援伤员，战场上到处是流淌的鲜血，只有幸运者才能得到输血救治，他开始意识到血液有多珍贵。他也向我解释说，战争时期，政府会毫不犹豫地向人们征血，因为只要抽血过程谨慎一点，不要过量，就不会有人因此而死或者遭受永久性损伤。同样，面对严重的社会福利问题时，这一论调对母乳和精子也适用。

当财政部颁布首批采血执照招标书时，艾莫里立刻就抢占了先机。他的一些秘密合作伙伴表示愿意投资。大规模生产人造血液太过昂贵，商品化的风险很高。另一方面，对血液衍生品的需求增长稳定：随着人口的平均年龄不断上升，医疗业也在扩张，尤其是针对老年人的看护服务。由于各种交通意外，医院每月对血液的需求十分巨大，而整容手术也需要大量新鲜血液，更不用说那些器官移植和癌症病人了。

我父亲对这一点深有体会，所以我也略知一二。为了做一个简单的囊肿摘除手术，圣安德烈医院要求他提供手术所需的血液才准许他入院，而所谓入院就只是指接受他作为病人而已。

就像他们说的：无血不欢。

总之，长话短说，报纸和网络上悄悄地开始出现匿名广告，以少量的现金报酬寻求收购（不能称作捐献）新鲜血液。

你真需要我说出应征人的数量吗?

有鉴于此，政府不失时机地提出一项法案，通过引入“血税”来管理这一领域，防止对血制品价格的投机，防止受感染的血液扩散，避免对公共卫生保障开支造成压力，让原本就因资金短缺和财务漏洞而效率低下的社会服务系统更加不堪重负。

人们将此提案视为一种补偿，普通人的利益由于种种原因遭受侵害：政治丑闻，偷税漏税的奸商，银行家的资金大量外流却得不到惩罚，而国家各层级也普遍存在腐败。

现在到了惩一儆百的时候，大多数人都有同仇敌忾的感觉，为对付逃避血税者，民众空前团结。

在天主教教义中，本来就有献出鲜血的耶稣基督，至于意大利志愿献血协会和红十字会，他们或许有不光彩的秘密，但都完全赞同议会的提案，并且坚定地相信，这将给他们带来一直短缺的血源。这群可怜又可鄙的家伙简直是大错特错，血液共享条例分配给他们的血量比原先征集到的还要少。

然后是普通民众的认知问题。放血是一种古老而常见的习俗，最初是意图去除血液中不健康的成分，后来成为战争时期的“鲜血献礼”，然后又演变成如今的血税，把人们自古以来就经常抱怨的“被抽干了血”变为现实。一开始，大家满腹牢骚，或愤怒，或嘲讽，然而到了“缴血日”，人们纷纷前往各采血代理处排队，尽公民的义务。

事实上，新设的“缴血日”就是原来的“纳税日”，只不过多加了一个专门抽血的环节，根据公民的年收入和体重计算应缴血量。

缴纳的税血中有一部分（大约20%）被划入个人血额账户。理论上说，这是你入院就医时可用的份额，也能在家人朋友有需要时捐献出来。另一部分（大约30%）用来承担社会义务，比如输血和血液制品。而剩余的部分（50%）去向不是很明确。有人说是进了国家血库，帮助“我们的年轻人”参与全世界的维和行动。也有人相信，它被投入商业用途，比如制造生血能量棒，这虽然也很重要，但伦理上似乎不那么高尚。

不出所料，采血代理处在罗马刚一开始运作，原先对普通税务员来说不值一提的事，立刻变得重要起来。翻地铁闸口的、强行乞讨的、路边小便的、未征得司机同意就用脏鹿皮擦车窗的，这类人只要被逮到，便会立刻被抽血。

不管怎么说，大多数罗马人都很自豪，至少最初是如此，因为他们缴付血税，为城市的健康做出了贡献。于是，血液以前所未有的速度输送进来，而这只是一切的开端。

那些最忠诚、最热情的市民总是告诉自己，“逃税者必须承担后果”。政府雇员是最支持这一税收新政的，他们的得意与兴奋之情几乎难以掩饰。私营机构的雇员一直忙于应付各种税务和一大堆莫名其妙的扣款，他们终于在这种形式的税收上看到了合理、务实的一面。而雇主们这一次都闭上了嘴，只是默默地去适应。

接着，对于税控的担忧开始蔓延，经济状况较差的人往往采取分期支付血税，而富有的公民则越来越多地用其他方式抵税，以避免被大量抽血。一直以来，罗马就是一锅大杂烩，充斥着擅长阴谋诡计又毫无道德感的人。这一点从来都没人否认。无论如何，逃税者一直都存在，并且将一直存在下去。这就是我们需要血暴组的原因。

艾莫里掏出手机，按下一串号码，小声地聊了几句。

“你要的强制采血令马上就到。干活去吧。”

说来你也许不信，至今仍有许多人不知廉耻地声称自己承担着照顾贫血病人的责任，以期获得税额补贴。

甚至有人相信，养猫、养狗、养鹦鹉也可以减免血税。

血腥星期四

规则三：假如你要收债，就不要替债务人考虑。

我带着强制采血令按下安妮莎·马利萨诺的门铃。档案里说她住在托里诺区一座半独立式双层住宅里。

门口刺鼻的垃圾让我感觉她是真的住这里。今天显然既不是清扫的日子，也不是清洁工上门的日子。她吃剩的早餐就搁在凉亭的桌子上。橙汁、脏杯子，还有好大一堆生血能量棒，仿佛明天就是世界末日。远处，一辆闪亮的杜卡迪停在车库门前的路面上，周围有许多花园精灵雕像。

我无法想象，安妮莎画什么能赚到那么多钱。我母亲总是说，最富裕的人往往是最大的窃贼……也许正因为如此，她把我培养成了一个唯利是图的人。

我昨天给安妮莎发过一条短信，通知她我要正式拜访。她没有回复，因此我有权进入这栋建筑，以确认纳税人是否真的不在。

我翻入铁门，穿过花园，抄起一颗李子咬了一口，又抓了几根生血能量棒放进口袋，充当提神剂。

我从正面的窗户朝客厅里瞄了一眼，然后绕到房子背后，但没看到一个人。我只能破窗而入，这让我很痛心。好吧，我承认，痛心是瞎编的。我听到隔壁别墅里远远传来低音吉他不断重复的曲调，那是皇后乐队的《压力之下》。

“有人吗？艾伦·寇斯塔，来自征血处。”

底楼空无一人。厨房里的咖啡壶仍有点温热，让我感觉不太对劲。鼻黏膜传递给我一个信号：血的气味……我就像是鲨鱼，它们的味蕾能探测到海水中百万分之一的血，而我的鼻子能探测到空气中同样比例的血。

我一边嗅一边前进，直到走廊尽头。

“我有针对安妮莎·马利萨诺的强制采血令，有人在吗？”

我来到楼上，推开每一扇门。这是作为血暴组成员最别扭的一点，就好像强行侵入别人的血管还不够似的。人类的想象力太差了，所有房子里的家具和物品几乎一模一样，有时连位置都相同。我感觉了解所有的纳税人，了解他们的每个细枝末节。相信我，随着时间的推移，这是一种越来越糟糕的感受，因为你开始把每个人都看作潜在的逃税者。你观察人的角度会变得不一样，你会留意他们皮肤上的印痕，在血管和旧伤疤之间寻找捐血的迹象……一旦被你逮到，他们就麻烦了。作为一名血暴组成员，你不应错认普通的割伤和意外创伤。到最后，这种执着的专注会让你难以忍受。

有个问题不断烦扰着你：朋友当中有谁真的在缴税？有谁身上连一个抽血的针孔都没有？相信我，此类念头最终会使人达到无法入睡的程度。

你所有的社会关系都被蒙上一层乏味的色彩，令你陷入猜忌的旋涡，带来重重叠叠的精神折磨，有时甚至是道德上的质疑。

身为逃税者的儿子……跟逃税的朋友一起玩乐……母亲一个月只流一次血，就是每月的那个时候……爱上一个从不给你机会出收据的女人……同僚就像是铁公鸡，你无法从他们身上获得一滴血……都是些不留票据的“现金交易”式关系，多少让你有点厌倦。

好吧，没人真正确信这是个完美的税收系统，但大家普遍认为，要让它运作起来，只需给予信任。税收、民主、自由……谁能怀疑这些正义的理念？

总之，回到先前的话题，我意图避免使用强硬手段，说服安妮莎缴税，但从伊拉利奥告诉我的情况来看，她多半不愿合作。

冲动型捐血者认为他们有权不缴纳血税，然而那意味着血原公司的血液收入将因此而减少。

进入最后一间屋子，我找到了安妮莎。她躺在床上，睁大眼睛瞪着天花板，脖子上插了一根针头。比起上次在劳伦蒂诺，她的颧骨更加突出了，犹如锋利的刀尖。

墙上挂着一些情绪饱满的画作：血暴组成员被强制抽血，而绿林义血会正在举行大规模捐血仪式。这就像是都市神话，专门针对耳根子比较软的人。

安妮莎像石头一样纹丝不动，几乎被彻底抽干了血。她的血管仿佛是通往体外的单行道。

她看到了我，那双眼睛稍稍动了一下，几乎难以察觉，但随着我走近床边，它们似乎无法跟上我的移动。床头柜上有张她的照片，穿着护士装，看上去很性感。

我在她面前打了两下响指，她的眼皮连眨都没眨。

她身边的血袋已经满了，多余的血溢出来，顺着胳膊流淌，集聚在臂弯处，然后滴落到地毯上，越积越多。她身上的一些部位本该是白色，或者至少是像嘴唇那样呈粉红色，但现在就像是淤青，而她的眼睑和指关节则呈紫红色。她也曾在自己皮肤上刮擦，让白色的黏稠液体渗出来。这是一种祭祀仪式，法利德很熟悉，因为他在监狱里待过。

由于那近乎自杀的行为，安妮莎大量失血，俨然成了一名需要输血救助的病人。

事情变得复杂起来。我想跟她聊一聊，但你知道，我不敢尝试。好吧，也许就稍微聊几句。作为绿林义血会的追随者，她绝不可能爱上血暴组成员。我大概最多就只能让她产生转化我的念头，希望我放弃追缴血税。不过这正是关键所在：有信仰的人总是执着地想要改变你，让你加入他们的行列。

她需要针头。我打开魔法背包，准备实施紧急救援。安妮莎·马利萨诺的护士本能驱使她成为冲动型捐血者，我打算利用这一点。因为从她的气质来看，完全像个心甘情愿的殉道者。

我解开一根“小刺头”的包装，把它安到普拉瓦兹注射器上，然后刺入自己手臂，抽出 900 毫升血。我们的血型不匹配——她是 O 型 RH 阴性，而我是 B 型——但输入血浆填充她干瘪的血管是没问题的。我从包里取出便携式离心机，分离了两袋血，以获取足够的血浆。

如果你见过这一过程，会发现它跟分离原油十分相似。以这台便携机的转速，只需不到两分钟就能把我的血浆从血液里提取出来。

安妮莎的脉搏几乎难以察觉，她的瞳孔对光没有反应。她的时间不多了，我可能会失去一个纳税人。等到血浆准备就绪，我立即将它灌入普拉瓦兹注射器的储液筒，然后把针头戳进她的桡静脉，推动活塞，等待结果。

血浆简直是液体燃料。

最初的 250 毫升已经让她的血管看起来好了很多，继续输入 150 毫升之后，安妮莎开始恢复均匀的呼吸。

我刚把针痕尽可能清理干净，就听见楼下有脚步声登上楼梯，逐渐接近卧室门口。

“妈，你在吗？”

那是个十三四岁的孩子，手握 iPod，耳塞被长发遮盖住。他将背包扔到地上。

我伸出一只手，既为了挡住他，也是示意他不必惊慌。

“别担心，没事的……我正在处理。”

“你是谁？”

“艾伦·寇斯塔，来自采血代理处。我跟你母亲约好的。”

他愤怒地涨红了脸。

“我跟她说过，间隔太短了。今天早上她肤色很苍白。怎么样，她会死吗？”

他可怜巴巴地靠在门框上，眼看着就要流下眼泪。我抬起安妮莎的腿，把一个垫子塞到她脚下，让血液流到最需要的地方。

“不，她不会死，只是晕过去了。只要你让我把她弄醒……要知道，死掉一个逃税者对谁都没好处……”

他没在听我说，但我仍感觉讲错了话。“听着……你妈妈不是想自杀；她只是抽血，捐给有需要的人。”

我打开窗，让新鲜空气涌进来。他低着头不愿看我，仿佛早已听过这种利他主义的谎言，只不过从陌生人嘴里说出来，跟母亲说出来效果不太一样。

“她陷入了昏迷，因为大脑缺血，她捐得太多了。”

那孩子一边用足以杀死人的眼神瞪视着我，一边在牛仔裤上蹭了蹭潮湿的双手。

“我也想要她一点点时间，但她身上总是插着针头。这些针孔，这些该死的针孔，被她称为‘幸福之孔’。”

我替他感到难过，有这样一个母亲肯定不是件有趣的事。因捐血而激发的肾上腺素一旦消退，她便又开始担心，某处也许还有人需要她的血。

我劝他不必太沮丧。

“快，赶紧……给我倒杯糖水，把她弄醒。”

*

“你说你叫什么来着？”

“艾伦·寇斯塔。”

安妮莎坐在我身边，这是一家叫作“圆锅”的寿司店，位于罗马的博览会区。店里只有家具是日本的。菜单上的条目杂七杂八，包括粗麦粉、炖牛肉、里卷寿司、玉米饼等各种外来食物。背景音乐不是牙医候诊室或机场里那种轻松悦耳的乐曲，也不是拨弦乐，而是电吉他、鼓和铃鼓——奇想乐队的歌，“姑娘，你是真的让我动心。你让我动心，我不知如何是好。”

此处的氛围似乎不太和谐，就像安妮莎紧张而躲避的眼神，充满慌乱与困惑。

“呃……刚才谢谢了，艾伦。”

安妮莎脸上有两个硕大的眼袋。被抽了那么多血之后，她仍同意不带儿子私下出来谈一谈，这一点我还是挺感激的。

“不用在意，这是我的职责。”

这游戏很简单，我只需动动嘴皮子，一方面勾起她的好奇心，一方面假装不关心她的想法。不过从心底里讲，那也是事实。为了让策略生效，我得扮演一个严格遵从各种条条框框的讨厌鬼，怀才不遇，被迫做些惹人厌烦的工作。真有意思，我只要本色出演就行了。如果你了解我就会明白，我显然不是那种忠实可靠的人。

“不，我的意思是……谢谢你面对尼古拉时的处理方式。”

“啊，这个啊……那孩子吓坏了，抖得就像一片树叶。他以为你要死了。”

我需要获得她的尊重，因此得从头打好扎实的基础，以便制造出改变与转型的错觉，让她以为我大有潜力。关键是要先给她看到我的病症，然后再让她相信，她可以治愈我。

“尼古拉是个问题。他不认同我做的事。”

我也不认同绿林义血会那种缺乏规范的献血方式，不过我的理由不一样：这些税收以外的血流进了别人的血管，完全没我们的份儿。

“你们那样做是违法的，会阻碍血税征集，让罗马损失珍贵的资源，也有扩散传染病的风险。比如你们的机械蚊子，趁着无辜的纳税人睡觉时吸他们的血，那也太邪恶了……”

“你还敢跟我说什么非正规采血。”

安妮莎解开衬衫扣子，掀起裙子，露出纤瘦苍白的大腿，给我看“伊拉利奥－法利德”疗法留下的淤青。

培根三明治里的肉都比她腿上的要多。

“他们只是尽责而已。然而你的行为却是违抗政府公务员。你知道这可能会坐牢吧？”

她摆了个“谁在乎”的表情。不可否认，她的价值观和我有冲突，然而不知为何，我感觉安妮莎的心跟我的脸一样，布满无法愈合的淤青与伤痕。不过相似之处仅此而已。

需要注意的是，关于血量是否合法，需要由永恒之城的议会根据具体情况加以甄别。因此，在罗马能让你直接进监狱的血税额，在意大利南部其他地区并不碍事，你可以像鸟儿一样自由，当然，风险自负。至于北部……自从血税联邦制开始实施，最好是连去都不要去那里。据说在某些城市，人们用棍棒互相攻击，以夺取他人的血抵充现金，这被称为“血金”。有一部分人承袭了北部自古以来的商业传统，开始向当地采血代理处售卖黑市血，而与此同时，放高利贷的也搞起了血液交易。还有人尝试制造人造血，然后像假钞一样散播。

北方人真是很有生意头脑。当然，罗马人也不缺主动性，只不过他们北方人总是领先一步，更加高效，更加专业。

“你这种工作算怎么回事，你就从来没问过自己？”

当个恶人引起她的注意要比完全得不到她的关注强。这不碍事，因为憎恨比无视更容易转化成爱。

“我没那么多钱，不关心这类问题。”

我点了啤酒。不用问，她要的是血腥玛丽，以补充流失的维生素。

酒保会意地朝我挤了挤眼。不管我把税警车停到哪里，都会收获亲切殷勤的态度。

“这一轮免费……”

别以为我从没趁人之危，跟脆弱敏感或经济状况不佳的女人约会。别以为我不会装作知恩图报……罗马的居民自古以来就喜欢在君王的宝座前悲号，或者在教皇的神坛前屈膝。

无论什么事，都可以通过练习取得进步，达到近乎“完美自然”的程度。

安妮莎看了看酒保，仿佛他给她倒的是一杯温热的血，来自一头刚刚在税务祭台上被割开咽喉的羔羊。然后她厌恶地望向我，因为我一声不吭地接受了。

“别这样看着我，违法的人是你……”

“一品脱血可以救 3 个人的命。”

我的欺骗计划加速进行。通往安妮莎“休息站”的路途需要一连串有效的谎言做铺垫，当我在劳伦蒂诺的扶手椅上看到半死不活的安妮莎时，就已经打定主意要走这条路。

“告诉我，艾伦……你抽干了多少人的血？有多少逃税者被你抽血抽到失去意识？你不觉得有一天同样的命运也会落到自己头上？”

她开始胡言乱语，仿佛癫痫发作的血友病患者。她献血是出于自愿，而非强迫。假如这些博爱善良、脸色惨白的绿林义血会成员多给自己找点乐子，他们对血税局便会更加慷慨，不至于有那么多怨言或者拿各种病症当借口。

我想知道安妮莎究竟赚多少钱……

“你根本没资格说什么被抽干了血。你把自己的血免费送出去。”只要再来几套花招，我就能名列“顶级吸血鬼”之一。

“如果血对世界来说这么重要，那你们这群家伙就只是血痂，而你们的老板是脓水。”从安妮莎·马利萨诺死尸般苍白的嘴唇里吐出来的，正是绿林义血会信奉的观念，也是他们多年来宣扬的讯息。她坐在那里，浑身每个毛孔都散发着敌意，然而她苍白病弱的肤色又十分性感。这有点像凝视着死神的脸，他知道世界何时毁灭，而你自愿接受他的召唤。我不是那种挑剔的人。

好吧，安妮莎很漂亮，她并不是曲线丰满的类型，但苗条得很得体。我最喜欢这样的挑战，不过那不是她的错。

可以想象，现在正是关键时刻，然而我的注意力却不够集中。有个长着三重下巴，胳膊松松垮垮的胖子点了一份半生的牛排，他正盯着我看，仿佛要征得我的同意才能吃似的。他的乳房搁在餐桌上，就好像忘了穿 38D 的胸罩。

胖子察觉到危险，非常紧张。我和他心中盘算的是同一件事：这一大坨用无数欧元喂养出来的肥肉可以抵多少生血能量棒。也许相当于半个月的房屋贷款？或者整整四周的采血额度？

我不指望你真能理解，但你循环系统里的血不允许超过一定剂量，不然就得缴更多税。所以血原公司喜欢胖子。所以不管我走到哪里，所有人都想拍拍我的后背打个招呼，所有人都想装作跟我是老朋友。

咱们是不是一起在古内奥服过兵役？

那次在瑟希莉亚奥海滩酒吧，你是不是在我隔壁的更衣室里？

什么，你不记得了吗，咱们在“阳光谷假日酒店”一起找乐子？

啊，对……像罗马这样的城市，数千年来遭受过无数次劫掠，因此人们学会了各种各样想象得到的生存策略。如果有姑娘哧哧笑着对你抛媚眼，企图让你相信她的善良无辜，那其实也不奇怪。与此同时，还有一些白痴的吝啬鬼意图利用猥琐粗鄙的兄弟交情来逃避税收，想要我放他们一马，让我感到很厌恶。

然而我理解他们，你永远不知道将来会需要谁帮忙。

“听着，我没那么容易被冒犯。我只知道一句有用的话：‘只要你的血管里有血，一切都不算太迟。’等到你恢复得差不多，我就来采血。血暴组的规矩是，不允许任何人拖欠。所以别耍小聪明，免得我后悔自己太慷慨。你的税率属于最低一档，没必要逃避……3 次征招之后，我就有权把你带走。”

我从制服口袋里掏出一根刺针，并示意她摊开手掌。我抓住她的手，刺穿食指，分析其血液成分。

“7 天后，等你的血液指标恢复正常。尽量多喝红酒，切萨内赛之类的，对你有好处。”

一股看不见的精神能量从我的瞳孔中延伸出来，钻入她的瞳孔。也许你很难相信，事实上，此刻我想要变成血液，在安妮莎的血管里翻滚，渗入她的心脏。我愿意成为她炫耀的资本，让她在绿林义血会的同伴面前大出风头。我要让她觉得自己很重要，我要让她觉得自己有能力融化一名血暴组成员的心，把他变成半个叛徒。只不过在凯旋门下漫步也要付出代价，也就是说，她自己得缴税。据说在爱情和战争面前，所有人都是平等的，现在事情很有可能正往这两个方向发展。以爱的名义打一场反逃税的战争……

“你不明白自己在干什么……我是捐血圣母。”

我叹了口气，然后故意嗤之以鼻，以加强效果；我递给她一根生血能量棒。

“听着，亲爱的，别这么自负，补充一点铁。啊，对了，甜菜根和胡萝卜也没坏处……”

安妮莎瞪视着我：谁知道她的脑袋里在想什么。很难说她是想迫使我感到自卑，还是想把我烤成焦炭。可惜她的状态太虚弱，只能让我产生怜悯。她正身处严重的危机之中，我希望她自己意识到这一点。我不想用愚蠢的思维方式给她洗脑。纳税人的公民义务、多数人的利益、血税忠诚、社会公义……我敢打赌，官方的无聊说辞她早就能背出来。

我俩开始了一种“谁先移开视线”的游戏。几秒后，她输了，然后又开始重复那套陈词滥调……

“想想所有患血友病和贫血症的人，还有等待器官移植的人，需要做心脏手术的婴儿……”

眼下的状况，添加一点点残酷应该没坏处。我才不在乎，那是其他人的问题。

“说到孩子，你要是躲着我，强制采血令对尼古拉也有效。”

听到这句话，她崩溃了。如果说她先前有一点沮丧，现在则是完全变成了一摊果冻。支持她跟我对抗的能量彻底消失了，取而代之的是一种恼怒的疲惫。

“这跟他有什么关系？别把他扯进来。”

接着，一股热泪从她眼中涌出，沾湿了她的脸。安妮莎丝毫没有掩饰。她捐血并非出于私利。同样的，她流泪是因为尼古拉，而不是因为自己要缴税。

“哦，我差点忘了……你儿子是什么血型？”

安妮莎站起身，抹了一把脸，弄得面颊上到处都是泪水。她扇了我一巴掌，然后冲出门外，眼睛周围破裂的毛细血管在她脸上映出两块红斑。

这完全不像是一次成功的行动。现在她一定很忌恨我，在她悲伤的小心脏里，我妥妥地躲藏在那最阴暗、最受鄙视的角落。

我揉了揉脸颊，那里渗出一滴血珠。如果你跟戴戒指的女朋友吵过架就会有经验，只需一根棉签即可止血。

我喝掉剩余的啤酒，然后签单走人。

血液战争

规则四：假如你从石头里抽不出血，就把它碾碎。

第二天，波图恩斯街的公司总部，同事们正在互联网和征血处的数据库中搜索新闻与信息。我从咖啡机里接了杯咖啡，与此同时，他们给我带来本地区最新的电子八卦。

“听听这一条，艾伦……‘如果你把血捐给天主教会，就能帮助耶稣圣婴儿童医院的一名小病人。’”

“真胡扯……他们非但不给政府一滴血，还要让大家把辛苦挣到的钱交出来。你有没有听说过哪个银行家被逐出教会？你有没有听说过哪个狡猾的政客受到教会批评？我看这就足够说明梵蒂冈是怎么运作的了。”

法利德伸了个懒腰，双臂在脑后交叉。

“我对神职人员没什么意见。他们端庄优雅，善于跟人打交道，过得也不错。等我缴够了血税，成为意大利公民，也想当个神职人员。”

“什么，等一下，你想当神职人员？”

法利德的模样就像是弹簧盒子里的怪物，随时会蹦出来吓人。他弯腰从桌子底下的便携式迷你冰箱里掏出一盒发酵山羊乳，那是清真食品中的佼佼者，法利德一直很喜欢。

“有什么不对劲的吗？”

我踹了一脚他的椅子。到去年为止，他仍是个新丁，我把他跟其他小喽啰一起派去因弗奈托区。那地方能把你锻炼得更强悍，也能让你丢掉性命。在职训练比上一千堂理论课或者参加毫无价值的培训更管用。我让他们试着去收一点点血，然后再寻求更大发展，以免他们有不切实际的期望。假如他们能力不济，就会被我像次品一样退回监狱。

伊拉利奥掏出手机。

“我想起来，双子医院有一哥们儿欠我一个大人情……”

他上下翻看着记事录，激动得几乎难以自制。

“他是干什么的，忏悔牧师？”

“不，不……比这还要棒，他是麻醉师。这儿，萨维里奥·福斯科，绰号吝啬鬼。我们一起学的医科，至少是前面两年，但后来我厌倦了。”

“没错，我知道，精神病学史。所以呢？”

伊拉利奥用鼠标在谷歌地图上给双子医院的外科病房设了个标记。

“这是什么意思？”

“意思就是，那儿有一大堆牧师，艾伦，处男牧师……”伊拉利奥带着兴奋的神情给吝啬鬼打了个电话。

我得给他加一千分。

*

半小时后，我们仨穿着血暴组的红制服来到双子医院，每人手中提着一只输血包。

“我们需要立即把这些包送到外科手术室。”

接待处的修女查了一下，我们的请求是吝啬鬼亲手签署的。无论是出于惧怕还是为了荣誉与金钱，在罗马，不难找到愿意假造文件的人。

修女身后是医院的浅蓝色墙壁，其目的是渲染平静的气氛。墙通常是纯白的，代表卫生与洁净，但在这里，浅蓝色更适合病人的属灵天赋。他们中有些人正在为活命而抗争，依照基督徒的说法，就是距离晋升圣徒的标准更近了。不过在我看来，它有一种市场营销的意味。

“迪·斯蒂芬诺医生正在做手术，但福斯科医生已经开始替病人做准备。这是给佩济大主教的，对吗？”

我朝她挤了挤眼。

“猜对了，嬷嬷，跟这表格上说的一样。咱们赶紧吧，救人要紧。”她毫不犹豫地把我们带到电梯。

伊拉利奥和法利德分别站在我左右两侧，我们搭乘电梯迅速上到五楼。

为了伸展一下腿脚，也为了找点乐趣，我们从外科病房的窗户底下爬过去。

法利德像海豹突击队员一样趴在地上匍匐前进。事实上，越少人看到我们越好，尤其是多嘴的护士。接着，喇叭里传来通告：

注意：迪·斯蒂芬诺医生请到4号手术室为阿尔伯蒂施行手术。

我们悄悄溜进7号房间，吝啬鬼抬起头，视线离开手上的数独游戏。他戴着监听耳机，里面发出疯狂的“哔哔”声，那是大主教的心跳。他扯下耳机，一步蹦到我们面前。伊拉利奥及时伸出大手，警示性地按住他的胳膊，直接表明了我们的态度。

“嘿，老天！……情况怎么样？照你说的，我们尽快赶来了。这就是大主教？真是好运气，有新鲜血液可以抽……”

“嘘……能不能别出声。对，就是他，但下不为例，明白吗？你们看看，这儿有多少牧师、教士、主教和高级神职人员。最好事后别让他注意到，对吧？”

“要不然，要不然，你每次说的都一样。我差点忘了，整天在停尸间里偷血的人是不是你？然而我有说什么吗？”

“没错，太对了。”

吝啬鬼愁眉苦脸地说。这又是伊拉利奥给他下的套。

“没错，太对了。现在轮到你保持沉默。”

伊拉利奥用胳膊把他挤到一旁。我走上前，将大主教冷冰冰的手捏在我这个世俗税务员肮脏污秽的指头之间。他的血管一根根凸起，仿佛圣彼得大教堂门口精致的浮雕。

我在他胸口画了个十字。

“你的布道和行为不一致，亲爱的大主教……还是我来替你办吧。在上帝眼里，赋税没有界线。”

法利德递给我针筒和一组针头。这一次，我选了一支特殊的针，其色号为黄色，我们血暴组称它为“小灵通”，通常用在输液时间不太够的时候。

像佩济大主教这种高级教会职员，第一滴血抵达针筒所需要的时间最多可达六十秒。

“小灵通”属于 30 号针头，又尖又细，使用时连婴儿都不会吱一声。它戳出的针孔（不包括红肿）仅 0.3 毫米，几乎察觉不到。

新手使用小针头最典型的错误是，当他们发现血液没有立刻出现，会以为位置不对，于是重新再扎一次，这样会造成多个针眼，容易惹出麻烦。

我将“小灵通”安到注射器上旋紧，针孔朝上。

据我所知，梵蒂冈是最大的逃税温床，一群唯利是图的家伙把基督之血吞进嘴里，却不愿捐出一滴自己的血。而其他善良的基督徒，也就是我们，则一直在毫无怨言地辛勤工作。眼前这个假国民，一旦有需要便自称是外国人。因此，当我将针头插入他的胳膊时，心中感到双倍的满足。

问题是：我应该抽多少？

看他这身懒惰的肥肉，如果按照浮动税率估算，把总血量除以 2，应该是 3 升左右……等到圣徒佩济醒来时，他会感觉自己轻了许多，就像换了一副躯体。这是不是有点像他每个礼拜天对着教堂长凳上的人们宣讲的内容？忏悔逃税是否也是一种赎罪？

抽满第一袋之后，我示意伊拉利奥再拿个血袋。

注意：迪·斯蒂芬诺医生请到7号手术室，为佩济施行手术。

吝啬鬼变得不安起来。如果让人看到我们的针头插在大主教血管里，就是一桩国际丑闻。我能想象梵蒂冈报纸的头条。

双子医院丑闻。佩济大主教被抽干血液。警方正在追捕凶犯。

或者：

滥用经济权力令人遗憾，教皇要求财务部发布官方简报。

得让吝啬鬼冷静下来。我单手抵住他的胸膛，把他挡在安全距离之外。

“等一下，我快抽完了。”

我祖父有个观点，他曾经说：“哪里有教堂大门，哪里就有妓女。”说实话，就凭牧师们一直以来对小男孩干的那些恶事，上帝之怒早就应该落到某些人头上。所有低等神灵是不是应该聚到一起，给唯一真神一个解释？不管怎样，我们是人间法律的维护者，这是我们的职权范围。

吝啬鬼不停地比着手势，似乎很紧张。伊拉利奥把他拉到一边训斥。他很不安，担心他们不再让他玩数独，不再让他监听病人的心脏。

我的同事转回身跟我说话，但情绪不是很振奋。

“快，艾伦……赶紧。他们肯定已经不远了。”

我把充满的血袋交给法利德，让他稳妥地存入储血盒中。

“看看，非洲先生，多么赏心悦目……艾莫里见到这一大笔额外收入该有多高兴？”

他捏了一把血袋，红色的浆液里泛起气泡。

“你觉得呢，这大概相当于两天的采血额度？”

吝啬鬼越来越惊慌，把我们往门口推。

“你们抽完了，赶紧出去。”

我往后退，将针筒盖装回到普拉瓦兹注射器上。

“你的朋友佩济失血过多，你得给他加个塞子，不然不出五分钟，他就要不行了。”

他慌不迭地打开抽屉，找出棉花，按住针孔。

“快走吧，我俩扯平了。”

伊拉利奥走到他身旁，一只手捂在他耳边，讪笑着轻声低语：

“停尸房里的尸体……不只是血而已，明白我的意思吗？管住你的嘴，没人会知道。”

*

我们钻回税警车，沿着萨切蒂古道行驶。此处的车流长年以来为永恒之城的生存提供了保障。汽车电池、抗生素等货物正是经由这条路源源不断地运送至店铺与办公楼。

人类需要流通，魔鬼才设置障碍。

正想着魔鬼，仪表盘的显示屏亮了起来，并被艾莫里那张丑陋的脸占据。

“有什么令人振奋的消息？咱们又有血可以采？”

“你猜中了……就在白桥地区的代理处旁边，警察通知我们，一辆货车和一辆跑车迎面相撞。”

“有多少血？”

“不太多，但你们是最靠近的……相对其他部门，你们有五分钟的优势。如果谷歌卫星说得没错，特拉斯提弗列大道有汽车跟有轨电车相撞，够他们忙一阵的。”

法利德很恼火。只要少于 10 升血，他就不乐意挪一挪屁股。

“好，包在我们身上。”

我从仪表盘下的贮物箱里掏出警笛，贴到车顶。伊拉利奥一边踩油门，一边露出不怀好意的目光。一群老头坐在长凳上呼吸新鲜空气，一队步履蹒跚的老妇正沿着人行横道线过马路，我们的车呼啸而过，惹得他们纷纷咒骂。

“我一直怎么跟你说的来着，艾伦？早起的鸟儿有虫吃。”

有时候，我真希望有他那样的热情。

在贾尼科伦斯区的另一头，路已经被堵住了。当我们抵达白桥时，发现此处的交通完全停顿下来。无数次的经验证明，车辆中的“害群之马”就像血栓：一辆卡车越线撞上了一辆轿车。

我们从车里钻出来，加入紧急救助，假如遇到濒死的受害者，或许还能趁他们变成冷冰冰毫无用处的肉块之前抽几袋血。我们已经听见附近圣卡米洛医院传来救护车的鸣笛声。

事故还牵涉到一辆跑车，它在前方留下了几条轮胎印。

卡车司机从驾驶室里跳下来，全速冲向那跑车。他挥舞着一把千斤顶，着了魔似的大喊大叫，让人联想到快要撑破皮的香肠。

“狗娘养的！有种你下车。”那辆兰博基尼盖拉多跑车已经上了门锁，“出来看看你干的好事。”

引擎启动。

“你别走。你想去哪儿？”

他举起千斤顶，把挡风玻璃砸得粉碎。卡车司机将胳膊伸进车窗，拔起插销，打开车门。驾驶员被他揪着脖子拽了出来。跟他面对面的是一名穿着入时的顶级模特，鞋跟尖得像匕首，短裙几乎就是一根腰带。这景象简直值得你跪下来小小地祈祷一番。

我上前干涉，阻止那红脖子施行私刑：他身材粗短，长着姜黄色头发，脚上穿一双搭扣靴。他涨红了脸，看样子就很容易被激怒。尽管他那两条连成一体的眉毛修剪过，胸口也用了除毛霜，但闪闪发光的墨镜和衬衫上的蛇皮装饰就像是在大声宣告他来自何处——我不是说他的巨型卡车，而是指遍地红脖子农民的南方。别跟我说什么大道理。

“冷静，伙计……告诉我们怎么回事。这是这儿的规矩。”

“这蠢货加速超车的时候越过了白色实线，为避让她，我只能偏向一侧，为避开那座桥，我再次偏转，结果就这样了……”

他转向那辆被撞毁的车，伊拉利奥和法利德正从车里拖出两具浑身是血的尸体。

“小姐，是这样吗？”

“等等，怎么回事，就因为她是个驾兰博基尼的妞儿？那并不意味着我是个骗子，而她是个圣徒。”

他也许在罗马住了一百年，但还没改掉乡巴佬口音，只不过他说的也没错。

更糟的是，面对我们这两个面目可憎的家伙，那打扮得像芭比娃娃一样的小妞一言不发，拒绝开启她高贵的红唇。她穿着高贵的服饰，浑身散发出香水味，似乎是要去参加上流社会的鸡尾酒会。她低头凝视着沥青路面上的轮胎划痕，这是那辆崭新的兰博基尼刹车时留下的。我倒不是特别想要给红脖子撑腰，但有些鸟儿表现得就好像自己的屎不臭似的，这让我很恼火。

“你说得越少，麻烦就越大……”

法利德打了个呼哨，以吸引我的注意。

“没办法，这俩人已经死透了。”

“……非常，非常麻烦，亲爱的。”

法利德走过来，身子探入兰博基尼另一侧车门。一瞬间，我看到他的眼珠子从脑袋里瞪了出来。

“哦，靠，是奥莱利欧·玛札！”

那个叫奥莱利欧·玛札的人意识到自己被识破了，于是跳进驾驶座，把车启动。车门“砰”的一声在法利德背后关上，他赶紧退开。

“见鬼，有人告诉我奥莱利欧·玛札究竟是谁吗？”

伊拉利奥已经回到税警车里，他把车嘎吱一声停在我跟前，差点轧到我的脚趾头。他隔着窗户示意我上车。汽车功放正在大声播放齐柏林飞艇乐队的《喀什米尔》，因此伊拉利奥只能扯着嗓子跟我解释奥莱利欧 · 玛札。

“他原本是罗马足球队队员，这混球欠血税局的血大概相当于体重的一百倍。快，快上车……”

车辆开动前，我和法利德又瞥了一眼那傲慢的婊子。卡车司机丝毫没有放开她的意思，估计是要等蓝制服的兄弟来对她彻底审查一番。

他们不像我们这么唠叨，可以说更注重实干。

税警车再次上路，我们有了新任务。这一回是追踪移动目标，它正如飞箭一般沿着白桥的快车道疾速奔驰。

这就是我们的战壕与前线：刺穿血管的快感，追逐目空一切的逃税者，把自以为可以无视血税的混蛋捉拿归案甚至扔进监狱。看着他们在铁栅栏后面垂头丧气的模样总是让人十分满足。你可能会忍不住想要教训他们一下，让他们受到应有的惩罚。这有利于舒缓紧绷的情绪，你可以称之为“释放性打击”。

就这一点来说，蓝制服、灰制服，还有我们红制服都是一路货色。血税真是一项伟大的发明！

生命难道不是奇妙的事吗？

法利德歪着肩膀给我讲述逃犯的情况。“玛札住在我国水域之外的一艘游艇上。他属于最高级别的逃税者。他曾去过科西嘉，然后是蒙特卡罗……我们已经追了他好几个月。”

玛札趁着绿灯径直驶入格里马蒂街。

“快，伊拉利奥……咱们好好乐一乐。转到奥德里斯街，截住他……”

“别！那儿都是红绿灯……”

一时间，伊拉利奥疑惑地轮流看着我俩。

“嗯？我该怎么办？”

“别听他的。这儿我说了算。”

于是他踩下油门，一路闯过欧德利西·达·谷毕奥街上的所有红灯，来到梅乌奇广场的环行岛，连刹车都没碰一下。

税警车发出可怕的鸣笛声，哇——哇——哇——，仿佛战吼，其他车辆纷纷惊恐地让到一边。我们在路上飞驰，驶入笔直的发明家巷。

“玛札要是掉头回市中心怎么办？”

我解开安全带，从仪表盘储物箱里摸出交通灯扫描器，然后一屁股坐到车窗上，尽可能探出身去。

“他已经去过市中心了，不可能再掉头。他想利用自己的游艇逃走。”

法利德嫌恶地看了我一眼。我把扫描器指向远处，仿佛能控制百米外的绿灯，将其永久地定格为红灯。

远处传来玛札的兰博基尼嘀嘀的喇叭声。为避开等待红灯的车流，他越过中线，沿着马可尼大街逆向行驶。一旦我们把针头插入他的血管，交通违规也可以折算成血税。

我们的逃税模范似乎以为自己是在赛车道上开车，或者在打电玩，《纳斯卡赛车》《一级方程式竞赛》之类的。面对他的自杀式轨迹，其他车辆来不及避让，险些与他相撞。

马可尼桥的交叉道口就像个黑洞，说不准最终会通到哪里：你可以向左转，经由奥斯汀斯街前往加尔巴特拉，然后直走，抵达博览会区；或者往左转，来到船模池附近的跑狗场。

“超过他！超过他，截住这家伙！”

“闭嘴，法利德。不要超车，伊拉利奥，跟他并排行驶。”

伊拉利奥把手闸拉得一阵轰鸣，税警车完美地转过 90 度，只有少许摇晃。现在，我们跟那辆跑车齐头并进。

“看，我们跟他就只差一根头发丝的距离！干得漂亮，伊拉利奥！让我们看看他这回还能不能溜掉，混蛋……”

玛札似乎以为自己是特技驾驶员，他不愿放弃，试图超过我们，回到右边的车道。但我们再次把他挤了出去，于是他决定留在逆向车道上。

我能看出他很愤怒。躲过两辆车之后，他犯了个错，他对那辆兰博基尼寄予太高期望，意图完成一个教科书式的回旋，但摇摆了三四下之后，却撞向桥上的栏杆。

“收获的时候到了。”

我们把车停在路中央，横跨两条车道。法利德第一个钻出来，用红白相间的封条把四周围圈起来，这段路归我们了。

这一次，奥莱利欧 · 玛札主动从扭曲的车辆残骸里爬了出来。他不停地呜咽抽泣，很难说是因为跑车被毁，还是因为失去那顶级模特，或者天晓得别的什么原因。

伊拉利奥揪住他的普拉达夹克，把他的袖子推至肘部。

“安静点，玛札……没想到你这样的足球运动员也会哭哭啼啼。要知道，我曾经很羡慕你，强壮、富有、出名，看看现在的你……我真不想处在你的境地。”

好奇的围观者开始互相推搡着挤到前面看热闹。他们还没太搞明白我们逮住的是谁。细想起来，我们的工作有点像踢足球：计划中的场上阵型与策略并不重要，关键在于把球踢进门，而我们的球门是由逃税者的血管织成的网。

“说实话，你想要进球得分，对不对？你让那妞儿开车，好让她那美丽的屁股坐在兰博基尼的引擎上感受一下……你希望她感受的大概不光是引擎……”

球赛马上开始了。玛札动了动小胡子咕哝了几句。

“购物……真该死，要不是她想要购物，这一切就都不会发生。”

围观的人群在白桥上聚集起来，他们认出了被盘问的是谁，于是叫嚷着撺掇我们。

“把那混蛋的肝掏出来！”

“他偷了那么多钱，给他留条内裤就好。”

“狠狠揍他一顿，抽他的血！”

“什么，玛札？你的朋友们太吵闹，我听不见你的理由。怎么样，你要回答我，还是回答他们？”

有人朝我们丢打火机，法利德不得不吼了几声，让人群保持安静，以便我们继续执行任务。玛札醒悟过来，不再呜咽。

“是她让我从奥斯蒂亚上岸，因为她要购物。”

“到马可尼大街？”

“不，我们正要从普拉蒂回去。”

听他这么说，我忍不住咯咯笑个不停。到最后，所有人都在嗤嗤窃笑，包括逐渐增多的围观者。玛札低下头，忍受着折磨。

我们全身心地投入工作，鲜少出现纰漏。我们是专家，擅长搜寻狡猾的逃税者，哪怕他们放出烟幕弹。

“啊，玛札，该轮到你的时候，是躲不过的！”

法利德沉下脸，在箱子里摸索，针筒撞击的咔嗒声把玛札吓坏了。

我绷着脸让法利德把血液探测器递过来，然后清晰地念出我们那句著名的魔法咒语。

“那么，缴还是不缴？”

“我……我……不是意大利公民。”

伊拉利奥插话道，“你得换一个说法，这种理由我们听得比你吃过的饭还多。”我看得出他的怒火快憋不住了。

玛札紧紧捏住自己的命根子，显然情绪濒临崩溃。我可不想搞出莫名其妙的液体。

“这些都由我的律师处理。他负责跟征血处打交道。”

这一刻伊拉利奥果然爆发了，就像瑞士手表一样精准。直到数年前，他一直都购买罗马足球队的赛季联票，并经常请一天假，去看罗马队每周中间的客场比赛。当“分流赛制”出现时，他恨透了这种对体育运动毫无尊重的现象，因为比赛往往被安排在工作日里最不可思议的钟点。他无法像从前一样关注冠军杯，无法随心所欲地观看每场比赛。所以你怎么能怪他现在把怒气发泄在玛札身上呢？玛札和伊拉利奥都是这一制度的受害者。

不过退一步讲，这位昔日的足球金童此刻给出的答案也有点太耍滑头了。即使有人一怒之下把他拖到马里奥山顶丢下去，大概也不算过分。

在愤怒的人群的催促之下，你会不知不觉变得粗暴起来。

“你以为我们鸟你的律师？我只知道，你，奥莱利欧·玛札，已经太长时间没出现在采血代理处，你根本就不来。你还错过了那个进球，奥莱……罗马对国际米兰，2 比 2，我们本来可以取胜，但你不知道跑哪儿去了。”他扇了玛札一巴掌。

“他们要杀我！这就是原因，你得相信我……”

相信他？伊拉利奥从来就不信任他，何况此刻被怒气蒙住了眼睛。为了保持平静，为了克制将抽血机直接插入他大动脉的冲动，伊拉利奥开始在那脸色煞白的逃税者面前来回踱步。

我和法利德警惕地观察着周围区域，因为围观者中可能有贫穷的青年，有失业的路人，有幻想破灭的家庭主妇，他们都迫不及待地想要在逃税者的鲜血中寻求一点安慰与平衡，我们担心引爆他们的炸药桶。

当运动员在足球场上带球奔跑时，他们是神。脱下球靴，换上凉鞋，他们却成了罪犯。

“哦对……是的，我相信。问题全出在爱惹麻烦的球迷？都是他们的错，对不对？那些足球流氓。”

他点点头。

“你比我想象的还固执，奥莱。你进球一直就是靠的这一点，头球，盘带，甚至强突……不择手段地把球送入网底。”

他摇摇头。伊拉利奥反手又给了他一巴掌。

“给他上抽血机！”

“拿鞭子抽他！”

“来吧，玛札……你瞧，只是一点点刺痛而已。”

伊拉利奥打开MT67F，拿出一支跟蛋糕裱花筒一般大的针管，适合用电泵驱动的那种。他弹了几下空针筒，纯粹是为了突出效果。此类针筒我们通常用来对付那些勇猛堪比兰博的家伙。上次在西班牙广场地铁站，为阻止一名逃税者搭乘地铁离开，伊拉利奥假装脑袋被车门夹住了。愚蠢的行为，但确实有效……

“天知道你打过多少类固醇激素，看看你的大腿，难道现在还怕一根小小的针头？哦，去你的……”

他仍然是摇头，不，不，不。再这样下去，他都能把自己给催眠了。围观的人群已忍无可忍，慢吞吞的节奏让他们感到恼火。他们体会不到我们工作中的快感。我从眼角余光里看到，有人捡起碎玻璃和石子，准备丢过来。

“住手！大家都住手，先别扔石头，除非你能保证砸中他。”众人哄笑起来。紧张的气氛稍有缓解，但我不知道能维持多久。玛札再也承受不住压力，他半闭起眼睛，恐惧将他推向了极端行为。他挣脱法利德的抓握，朝着栏杆奔去，然后纵身跳入马可尼桥下的河流，但这样的举动不可能给他带来救赎。

人群一阵喧哗，冲破了象征性的警示封条。他们想看看玛札去了哪里。

“见鬼，你应该赶紧动手的！”法利德说。

我用匕首般的目光瞪视着他。台伯河里传来沉闷的落水声。

“你看着我干吗？”我说道，“他是从你手里挣脱的，蠢货。”

“难道不是你想要逗一逗他，嗯？现在我们该怎么办？”

“别在我面前装圣人……”

我们跑到桥对面，身后跟着一群好奇的围观者。玛札位于50米远处，像一坨屎一样漂在自己的血水中，早已经死透了。

“你以为自己是谁，表演新年跳水的OK先生？”

“滚回海里去吧，玛札。”

等到我们回到税警车里，法利德用古怪的眼神看了我一眼。围观的年轻人顺走了我们一些零零碎碎的装备：防喷雾面罩、备用测血仪，以及伊拉利奥留在车座上的外套。可以肯定，他们会把这件衣服当作战利品拆了穿戴起来，用以向学校里的姑娘们炫耀。

我给艾莫里打电话，告诉他这次事故。

人群渐渐散去，有几个对事态发展不满的家伙厌恶地看着我们。不用在意坏了一锅粥的老鼠屎，但我不禁在想：永恒之城里还有没有好粥？

老实说，尽管我们的工作是服务社会，朋友却不太多。

残酷如狼

规则五：当你重视规则时，打破规则便不再有趣。

距离与安妮莎约定的时间还剩五天。倒不是说税务评估有多刺激，但我从不喜欢不劳而获。

她在特里安法勒街的办公室做兼职，我可以去那附近伏击她。

我也可以给她施加一点压力，看看效果如何，但像她这种趾高气昂的人大概反应会很激烈。她要是有身处高位的朋友，我一点都不惊讶。她也许有个从幼儿园一直同学到高中的朋友在裁判法院做律师，甚至可能是真正的法官。她的朋友也许一手捧着税法，一手捧着民法，随时准备为她辩护。

无论如何，我自认为不是个受原始本能驱动的蠢货。我读过

《孙子兵法》和冯·克劳塞维茨的著作，我懂得如何将本该礼貌合理的税务核查转变成一场浴血之灾。有时候，坏名声也有好处：能立刻令对手陷入焦躁不安。

此刻时间还早，办公室里只有我一个人。法利德没有接听手机，伊拉利奥则跟往常一样，进度总是落后一天。因此，当他沿着旋转楼梯奔上征血处二楼时，我吃了一惊。我正忙着掸落最近几天衣服上凝结的血污，他便突然出现在我面前。

“哦，艾伦，你听说了吗？”他的嗓音中带着喘息。看他上气不接下气，眼神里透着诡秘，我就知道只有一种可能：地平线上乌云密布。

“你怎么了？又把血袋弄破了？这次你得自己跟艾莫里解释……”

想要去除皮夹克上凝结的血污，只需撒一点面粉、滑石粉或者奶粉，等干了之后再用力刷掉。

“这次不是我，是法利德，他离开了团队……他说当腻了蚂蟥级，而达到飞蝠级需要采 50 次血，他觉得太多。”

这就能解释为什么“烤肉串”不接电话了……勇气并非大量存在于血液中的物质，也许它存在于 DNA 里，但只有亲眼看见我才会相信。

“什么？我不信。是我们帮他改邪归正，是我们亲手让他戒断恶习，教给他基本技能，提供一切必要的信息。我已经给他打了两天电话……”

“当然。他把手机关了，我听‘短一截’说的，他跟法利德一样，也住在考维亚勒附近。”

“短一截”是西罗马分队的头目，他的手下是一群疯子，比如“嗨嚯”和“丑小鬼”。他们管他叫“短一截”是因为他哥哥跟他长得一模一样，只是个子更高一点。有一天，他兄长走进一扇门，片刻之后，长相一样的“短一截”从同一扇门里走出来，就好像被“截短”了 20 厘米。可怜的家伙，这成了他一辈子的笑柄。为弥补外表的缺陷，他总是穿着夸张的厚底靴。

“呃，‘短一截’并不是非常可靠。”

“不过这回他没说错。我本来就觉得法利德不太认真，整天抠鼻子，挖耳朵……”

如果说有什么我不能忍的事，那就是污秽的手。假如你想去除嵌入指甲的血渍或污秽，可以把手指插进半个柠檬里，然后用温水冲洗。

“真是个蠢货！我就知道他不是这块料。”

“不，你没明白……法利德并没有退出，他单干去了。他说自己完全够格成为飞蝠级，不需要艾莫里或其他人帮忙搜寻逃税者。”

“对，没错，他完全够格成为废物级。所以从现在起，他打算跟我们对着干。”

“完全正确……谁去告诉艾莫里？”

在从前的好时光，税务员没那么唯利是图。当然，有些是短期合同工，在每年报税后的繁忙时段或特殊宣传活动期间协助加强管控，但大家都把他们看作对社会的助益，而不是一群讨厌的吸血鬼。艾莫里 · 西拉基通过地片授权的方式，掌管着大约 70 名吸血鬼级成员和 900 名飞蝠级成员，还有 5 000 多名处于无薪试用期的蚂蟥级和蚊子级。

“我感觉得赶紧去一趟考维亚勒，让我们的这位朋友知道大家有多惦记他。”

伊拉利奥耸耸肩。

“我今天还有事。你知道我妹妹弥尔娜，她有贫血症，现在需要大量血液。我得去奥斯汀斯河滨街向艾莫里要一点。你能理解，是吧？”

为了他妹妹，伊拉利奥什么事都愿意干。他这是真感情，我敢打赌他钱包里甚至还有她的照片。如果不能每隔十五到二十天定期输血，她的血液中就有出现毒素的危险。市面上那些治疗血液疾病的常用药，比如德洛夏和亥治，对她都没有效果。它们能减轻痛苦，却无法根治。弥尔娜已经做过一次脾脏摘除手术。除此之外，没别的办法。只有骨髓移植才能治愈镰刀型细胞贫血症，但骨髓价格昂贵，大概相当于伊拉利奥一生最大献血量的两倍。

“你不会是害怕了吧？”

他给自己卷了一支烟，只有烟卷，没有滤嘴。

“我不怕，有什么好怕的？住考维亚勒的那些家伙？我以前一直跟这类人泡在一起。‘短一截’‘沼泽鸟’，我了解他们那种人。我说了……我担心的是我妹妹。你瞧，我得赶紧走了，不然就晚了。”

然后他消失了，就像我夹克上的血块和手上的污渍。这还真有点奇怪，他忽然跑来只为告诉我法利德的事，又匆匆忙忙地离开。

“长蛇公寓”上方的天空中飘浮着层层叠叠的粉红色长条形云朵，犹如一道道染血的布条。我感觉那就像是挂在空中的血袋，仿佛是在等着我，邀请我飞上天去。或者，它们似乎是想激怒我。假如我能把它们拽下来，假如我能从云彩里抽出血来……嘿！那我就发了。但事情没那么简单。我得去考维亚勒，到法利德家跟他对质。

我将税警车停在阿瓦利亚公共图书馆对面一个显眼的位置。我刚踏上融化的沥青，就感受到一股热浪袭来。整个区域的空气都在颤动，仿佛处于即将起飞的飞机所产生的尾流中。数米外，一群小混混正看着我。他们在撒尿，像狼群一样，隔着生锈的栏杆，淋到一辆黄色保时捷和一辆银灰色奔驰的侧面。因为这两辆车在他们的领地内违规停车，泊在了有双黄线的地方。有些人称此为“野蛮行为”或“因嫉妒而蓄意破坏”，但这群孩子其实并不坏，他们只是感到无聊，于是假扮“片警”找点乐子。从长远影响来看，反复违规停车比一点点尿臭更糟。一切都取决于你的视角。毕竟他们也可以去划轮胎，或者从公路桥上丢石子，砸碎车玻璃。那可真是搞破坏了，其他地方常有发生。说到底，这里的事其实更像是个玩笑，因为所有人都互相认识。不过在一些较封闭的区域，居民们不太能容忍陌生人通过。他们在岗亭里设置警卫，再加上一道路障，以阻挡不属于本区域的居民。这属于很简单的方法。

我们那时候的做法是卸掉车轮，再把车身架到四块砖头上，以免损坏底盘。不管怎样，我得让他们知道我的身份与目的。所以我把税警车停在一眼就能看见的地方：我要让大家知道我来了，要让人们在一英里[①]开外就意识到我的存在。

我爬上考维亚勒那栋巨型建筑的九楼，又穿过数百米走廊，来到最西面的角落。有个年轻人快步与我擦肩而过，然后钻入楼梯间，消失在一扇门背后。楼梯上有一股灰尘和陈腐尿液的气味。某些家长应该多留意一下他们的“片警”……我屏住呼吸一路走到顶楼。

---

① 1英里≈1609米。

我俯瞰着罗马广阔的外围区域，从伦布罗索到伽雷利亚桥，从伯诺奇到德拉贡切罗和维蒂尼亚。周围田地里的残株已经通过焚烧被清理得干干净净。

台伯河就在不远处，几乎干涸见底。地平线上，一条条炙热的灰色柏油路仿佛是永不停歇的锻炉，车辆在路面上排队，轮胎都要融化了。楼下的流浪猫狗在围墙边寻找遮蔽，有的躲进庭院的阴影，有的钻入近乎废弃的公寓大门。我跟这些动物一样吐着舌头喘气。

我抵达目的地，按下1290室的门铃。没人应答。我身体后仰，向上张望，一道明晃晃的光线刺入眼中。屋顶上，在林立的天线和卫星接收器之间，有人——我猜大概是法利德——插了一根两米长的杆子，顶端是金光灿灿的星月符号。旁边还有一对喇叭，用来向本地区的教友播送穆斯林宣礼——此处已有一个新地名：古兰道。我把注意力拉回到那扇门上，并从包里掏出一支中等大小的针头。那是深粉色17号，又叫“小杀手”。我将普拉瓦兹从保护套中取出，迅速地瞥了一眼左右两侧，以确保没人，然后开始摆弄门上那把老旧的耶鲁锁。它已布满铁锈，近乎破损，而且没有加固条，对我来说毫无困难。转眼间，我就把门打开了，但依然谨慎地站在门口。

如果法利德在家，肯定会给我一个特殊的欢迎仪式。这是我的机会，可以查一查他在偷偷摸摸搞什么鬼。

我注意到5个“五兄弟”外卖店的比萨盒散落在地面的祈祷垫上。他和室友们一定是刚刚吃完。

窗外明亮的天空衬托出屋里的脏乱。墙上贴着几幅巨大的海报，都是些不知名的中东乐队，宣传文字也无从辨认。

这间公寓中充满强大的信仰之力，因为墙上有《古兰经》中代表“神迹”的符文，穆斯林朋友们每天都要轮流领诵这段文字。

我四处走动，拨开零零碎碎的纸张，翻查一个个抽屉，但是毫无收获。

我走下楼梯，打算谨慎地询问本地居民。他们都知道我是谁，也知道法利德是我的同事，或者说曾经是我的同事。在这种地方，人们总是闭紧嘴巴，睁大眼睛，耳朵只有必要时才开启。两名身穿传统裙装的年轻女子从我身边经过。那死去的小女孩仍纠缠着我，她的幽灵以不同形态存在于我周围——对生命充满渴望的眼睛，僵硬而艰难的步态，全都一模一样。

总之，考维亚勒街头那些穷困潦倒的人嘴里有着各式各样奇怪的故事，都是些毫无价值的谣言，往往具有误导性，但有时的确值得一听。在布满涂鸦的露天剧场边缘，有个家伙似乎可以问一问。他的神情畏畏缩缩，是那种典型的可疑分子。幸运的是，我认识他。

“你好，‘立刻泻’……”

很明显，他不会回答。他们管他叫“立刻泻”是因为只要听到一片番泻豆荚落地的声音，他就会立刻消失，就好像颈动脉里被注射了泻药。不过由于他又聋又哑，平时没人搭理。正因如此，过去两年中，他一直是我的线人。我拍了拍他的肩，他遏制住逃跑的冲动，显出不置可否的姿态。他很害怕，但他也知道，只要跟我合作，就会有甜头。

“我要找法利德。你是不是没看到他在附近？”

我往他的乞讨盘里丢了两欧元。为了从他嘴里套出点东西，我得假装是个客户。他把手伸进口袋，掏出纸和笔，然后凝神思考。片刻之后，他开始写。理论上讲，“立刻泻”靠写诗维生。他给施舍得多的人作诗。以此为掩护向我提供情报是个好办法，不容易惹人注意。写完之后，他将作品托在掌心里递给我。

他已失踪数日，
肮脏的爪子里，
显然逮到了大家伙。

“什么？”

他犹豫不决，怀疑地环顾四周。但这一次是我没领会他的意思。“立刻泻”想要知道能收获多少报酬。这就是他们的合作方式，我们下钩，他们藏线。根据我们想钓的鱼，他们也会换上相应的饵。我送出四根新鲜的提拉米苏味生血能量棒，以示对他诗作的支持。那是夏季新品目录上的，单价十五欧。于是我收获了第二首诗：

蘑菇狩猎已开始，
湖边的岸上，
不见鲜血。

“你逗我呢？”

他诡秘地微微一笑，弯腰从盘子里捡起生血能量棒，拆开其中一包。他摇了摇头。

我知道他值得信任：多年前，“立刻泻”曾为灰制服效力，直到被发现倒卖赃物。本区域没人知道这个有趣的小细节，不然他们不会允许他在露天剧场逗留，这地方就是考维亚勒的非法交易集散中心。

仔细想来，他刚才给我的暗示其实非常精准。我跟他道别，回到税警车里，然后前往博览会区。

*

蘑菇餐厅的停车场里早已聚集起人群，有些车辆的引擎仍在运转，大家都在等着看逮捕现场的好戏。如果法利德决定向辖区里的所有富人征税，那他的头脑一定是彻底坏了。我听到楼上有人呼喊求助：他们显然完全吓呆了，惊惶失措，血管里流淌着恐惧。

我进入蘑菇餐厅，按下一楼的电梯按钮，但没有反应：这一点也不奇怪，有人在楼上把它卡住了。我一步三格地冲上楼，然后停下来躲在角落里。

我将 MT67F 搁到地上，悄悄打开保险扣，尽可能轻地掀起盒盖，取出工具箱里的镜子。转角另一侧，有个菲律宾裔年轻人站在“观景厅”门口放哨，离我不到一米。直觉告诉我，他身后一定很热闹，有人逃，有人追。

毫无疑问，这是法利德干的好事，他纠集了一群乌合之众，然后自诩为团队的领袖。我收起镜子，装配好一支一次性针筒。我不想用普拉瓦兹去干这种脏活。

我从自己胳膊里抽出少量的血，然后趁菲律宾裔年轻人回头看同事们的疯狂表演时喷洒到他脸上。这显然延迟了他的反应，让我有充分时间实施偷袭。

“该死的蠢货！”

年轻人被血糊住了眼睛，搞不清我的方位。

“闭嘴，不然我就不客气了。这甚至都不是受感染的血……就当是给你的奖励吧。”

我拿氯仿把他熏倒，再用止血带捆绑起来，拽着他的脚把他拖进男厕所。我将他的脑袋塞进马桶，然后放下垫圈卡住脖子，又把红白相间的阻隔带围着整个区域绕了六七圈。

他们也许人多，但只要被各个击破，就会像游戏棒一样纷纷倒落。我回到走廊，脑袋探进观景厅，然后大吃了一惊。真见鬼……！安妮莎·马利萨诺、布伦希尔德，以及另一名绿林义血会成员被一群衣衫不整的“忍者”围住，领头的正是“针筒狂人”法利德。

“别不好意思，把你们征到的血都交出来。”

我这位前同事不仅背叛了南罗马分队，而且还试图在我的纳税人眼中提升自身形象。

跟前一周相比，安妮莎的脸颊上有更多血色，几乎恢复了正常。她穿一条黑色紧身裙以及一双同为黑色的小靴子，系有红色鞋带。然而蝙蝠耳朵上的肉都比她身上要多……我听见她在一片混乱中喊叫。

“这不是……可以征税的血！是女性志愿者捐献的……经血。”

她的嗓音尖细而脆弱，与强悍的外表形成鲜明对比。

我不禁越来越喜欢她：因为她不仅知道自己追寻的目标，也很清楚欲望会将她带往何方。然后你猜怎么着？她根本不在乎。

假如把缴税的问题放一边，我不得不钦佩她的坚持，她拒绝接受形势的变化，哪怕面对的不是一点点小风险，而是彻头彻尾的险境。

一排女性就餐者站在观景窗旁。她们并非人质，只是非常担心事态的发展。她们害怕今天的事件最终将演变成绿林义血会抽引经血的集体采血仪式。那是一群执着的家伙，他们通过观察女厕所里的血流量来计算拜访日期。他们构建的统计模型虽然有一定误差，但仍能预测每周可供采取的血量。

男人都聚集在屋子另一头靠近吧台的地方。法利德和他的菲裔帮手们正熟练地用测血仪对他们进行检查，看看是否有小偷小摸的逃税行为。

法利德太疯狂了。他组了个猴子马戏团，现在还想证明自己能驾驭它，就像个经验老到的驯兽员。

“快交出来！这不是在征求你的意见。”

布伦希尔德试图挣脱东方绅士们的绳索。这群古老的束缚术专家把她捆得结结实实，凸显出傲人的胸脯。最后，她只能认输，发出沮丧的低吼。

“混蛋。我们不跟血暴组谈交易，所以也决不会对你妥协。你的蠢脑瓜难道就想不明白吗？这不是可以在市场上交易的血！”

我当然听说过绿林义血会以行善为名大规模抽取经血的传说，我也听说他们有某种古怪的净化设备。毕竟，就像人们常说的，葡萄汁也可以酿酒。

现在我看到了证据，那些传闻是真的，但绿林义血会的这一举措会降低女性潜在的纳税能力。这没有好处，因为当征血处的税务检察官发现这些女性血量比正常人低，就必须当场开出罚单。

我给马基奥打了个电话。我得凑出一支增援队伍。然而当铃音响起时，奇怪的事发生了。法利德发现了我在呼叫。他的手机响起来，播放出某种中东音乐。当他看到显示屏上的号码时，满意地扮了个鬼脸。这混蛋一直在监视我们，现在我知道该怎样对付他了。

铃声响过几轮之后，马基奥终于接起电话。

“嗨，艾伦……怎么了？感觉孤单寂寞了？”

我离开观景厅，压低嗓音。我得扯个谎，故意错报当前的位置，让窃听者上钩。

“是啊，我可想你们了。听着，我在蘑菇餐厅附近，那儿有点古怪。我打听下来，似乎是绿林义血会搞了个临时集会。你们在哪儿？能帮一下忙吗？”

“蘑菇餐厅？好，我们尽快赶到，但大概至少得半小时。我们在卡潘尼尔跑马场。”

“你们这群家伙，总是打兽血的歪脑筋。好吧，我先去楼上探探血况。”

好吧，让我们看看法利德在压力之下表现如何，是否会在门口替我铺上红毯。他要是真这么干，我就把他像柠檬一样挤烂。法利德派出两名侦察兵。这俩菲律宾人还没踏出门槛，就当头撞上了门板，倒在地上动弹不得。于是他意识到，不能再待在原地转大拇指了。

“把这些人带走。他们要是乱来，咱们也不客气。”

他的菲裔伙计们围住3名绿林义血会成员：除了安妮莎和布伦希尔德，还有一个小矮子，作为男性，他承受了来自菲裔朋友的绝大部分拳脚，因为这符合江湖规矩。

法利德挤进去抓住安妮莎的一只手，仿佛要重新翻开数天前的旧账。

“让我们看看，等你进了天皇后监狱，是不是还这么厉害。”

我溜进女厕所，等待人群离开。他们选择从楼梯下去，以免遭遇意外。于是我溜进无人照看的电梯，径直降到一楼。我利用这片刻的优势找了个地方躲起来。

酒吧经理在柜台后面骂骂咧咧，两个女招待的发卡从柜台后面露出来。蘑菇餐厅外面有一大群《星期日报》的记者，还有许多兴奋的网媒，只要一点风吹草动，便随时准备上传视频。他们身后的院子里还聚集了一群人，都是受害者的亲友。为了看得更加清楚，他们有的爬上汽车前盖，有的趴在朋友肩上。

流言已不胫而走，用词夸张，耸人听闻：绑架，血赎金，杀害无辜。

我没时间思考最佳策略，因此当法利德和他的菲裔帮手们来到一楼并从我面前经过时，我从桌子底下跳出来，一把拽住安妮莎的胳膊。然后我发现自己不仅跟她面对面，同时也和法利德撞了个满怀。他就像巴士上的专业咸猪手一样紧紧贴着她。

“她是我的。”

法利德发现是我之后，发出一声低吼，然后放声大笑，露出一口尖利的黄牙。

“我们正等着你呢，艾伦！她属于国家！”

法利德·塞德夫这个蠢货简直不知羞耻。

“国家？你连采血令的影子都没有。”

“哦，是吗？那咱们去监狱问问，他们要不要收她，怎么样？”

安妮莎的手汗津津的。我告诉她要守规矩，结果她却投入反血税抗争的旋涡中心。每次见到她，我都更加认清，这女人由高危物质构成，适合送去精神病院。这也是她需要帮助的又一个原因。

“艾伦，告诉这混蛋，你给我的宽限期是多久……”

仅仅 4 天，我便达到了预期的目标：让她向我求助。她在乞求我帮忙。这件事过后，她绝对会对我心存感激。

安妮莎已经陷入我的魔法圈套；她被血税征收员——顶级吸血鬼艾伦·寇斯塔降伏。

此刻，我紧紧抓住她，仿佛在她血液里播下一颗种子，而那种子很快便会从她体内绽出花朵。但转眼间，法利德恶狠狠地把她拖走了。他甚至没有一点点摇晃失衡。他用一支针筒抵住我胸口，眼里闪着泪光。我无法分辨他是恐惧还是兴奋。

这场竞争看来难以持久。这年头，你不能相信任何人，哪怕是你的同僚，或者说你以为的同僚。我一猫腰，试图从他身边闯过去。他向我扑来，发起攻击。他差点扎到我脖子，并在我下巴上留下一道划痕。法利德手中的注射器很可能带有病毒或者鬼知道什么污染物。我一分心，停了下来，不再追赶安妮莎，而是开始琢磨他划伤我的针头。那上面的毒液随时可能进入我的循环系统。我或许会像在中东时一样流血不止。我开始胡思乱想，无法做出正确决断。趁着我犹豫不决的当口，那群菲裔一路把安妮莎架到一辆摇摇晃晃的吉普车上。

法利德退回到防御姿态，我为自己的优柔寡断付出了高昂的代价：他的手下一个个钻进车里，在拥挤的车厢内等待头领返回。

“我发誓会找你算账，法利德……”

“你从不听我的意见，一次也没有。”

“我为什么要听你的？见鬼，看看你自己，你就是征血队的叛徒。我凭什么要听从你这样的家伙？”

幸运的是，测血仪告诉我，伤口没有感染。

“好吧，去你的。这是安拉的意愿。”

法利德倒退着往外走，以确保我不会干傻事。我只能不断擦拭那混蛋在我脸上留下的伤口。然而局势其实很糟糕，他丝毫没有给我解救安妮莎的机会。

这太荒谬了，为追求前途而背叛团队的恶人是法利德，却是我被划破了脸。

血仇

规则六：人没有血无法生存，但血是一种负担。

电话铃响过六遍之后，伊拉利奥终于愿意接听了。

“哦，艾伦，我刚跟艾莫里谈妥。他答应给我妹妹提供至少 6 个月的血。”

他兴奋得忘乎所以。这也不错，因为他即将迎来最近一段时间里最低落的五分钟。我让他继续高兴一小会儿。

“他待我简直就像亲生儿子。每隔两周一袋血，持续 6 个月，外加一箱生血能量棒，给弥尔娜补充铁质。她基本上这半年都不用担心了，我也一样。只不过我现在得加快进度。艾伦，告诉我你的位置，我尽快赶来……”

我相信伊拉利奥不会叛变，因为他害怕法利德。他也不太可能故意陷害我，但如果他跟我一起去蘑菇餐厅，事态也许不至于演变至此。

“已经结束了。我跟法利德有点麻烦……”

“怎么回事？你找到他了？”

“对，找到了……这小崽子不但组建了自己的征血小队，还用我们上周逮到的那几个绿林义血会来试水。打开电视，每个频道都在讲这件事。”

“我没有电视，我现在正要离开奥斯汀斯河滨街。告诉我怎么回事。”

我一边解释，一边用针线给自己缝合伤口。像我这种人，可以忍受几乎任何痛苦，只有扯淡例外，那会让我变得暴躁不安……

“事情是这样的，法利德和他那群菲律宾同伙把绿林义血会的小分队给挖出来了。现在他正在隆伽拉街，天皇后监狱对面，面对电视镜头炫耀战果，一副神气活现的模样，就像是帮助街头瘾君子戒毒的牧师。你明白我说的那种家伙吧？忏悔亭里的教士，总是装出一副既痛苦又惊恐的表情。他们相信只要拯救世人，就能拯救世界。他也一样……税务英雄，简直是胡扯。”

“太恶心了，简直是胡扯！”

终于，熟悉的声音从体育中心方向传来：跟蓝制服压抑的警笛和救护车幽怨的呜咽相比，征血队的笛声更加热血。两辆税警车从十字路口驶来，在停车场里猛然刹住，车身上血原公司的三维图标代表效忠对象。

马基奥和他的手下在蘑菇餐厅门口跟我会合。他们毫不掩饰对临时改变计划有多厌恶，对于我的处境，也没刻意掩盖幸灾乐祸，就差当众嘲笑我了。他们逐一从我身边经过："蛋头""懒骨头""沼泽鸟"还有马基奥。

"我们错过什么了？你得原谅我们，那些马花了好久才入厩……"

"不需要道歉，只是普通抽血而已。只不过这次牵涉经血。哦，对了，还有人企图夺权。"

于是，他们的热情消失了。"懒骨头"的表情很说明问题。

"这跟我们有什么关系？那是女人的事……"

马基奥兴致最高。很奇怪，他似乎知道什么我不知道的事，同时又担心类似状况出现在自己的团队中。以前不是这样的。对于那些在罗马城郊或公营住宅里长大的年轻人与流浪汉来说，血税征收员跟别的行当一样，是一种有尊严的职业，即使无法保证良好的声誉，至少在其他人眼中拥有一定权力；虽然财富能带来一定程度的自由，但权力往往源自职业：当你在征收血税和重症赦免之间做出选择时，相当于决定了抽取生命还是赠予生命。所以血暴组惩罚逃税者，扶贫伸义，一直以来都是为社会服务的优良典范。

至少理论上如此，这是公会建立初期所设定的宗旨。随着时间的推移，在“永恒之城”罗马的街道和广场中，人们开始凭武力争夺酬金最高的捐血点，匕首成为解决问题的手段。每到夜晚，波波洛广场周围充斥着手持针筒的黑帮。在蒙蒂区和大竞技场购物区附近的小巷里，一无所知的游客是他们最喜欢的目标。成群结队的小混混为维持生计，怀揣着便携式测血仪，随机挑选受害者，抽取血液。

“等一下，伊拉利奥，先别挂，马基奥刚刚到。”

“角斗士”给了我一个拥抱，然后把我的脸推转过来，嘴里啧啧作响，流露出无比担忧与怜悯的表情。他鼓鼓囊囊的脸颊上绽出鼓励的微笑。我俩一起上过前线，因此有一种同袍兄弟的情义。

“能帮我个忙吗？我正在和伊拉利奥通话，不想去跟那些蓝制服的蠢货解释。你能替我和他们聊一聊吗？”

他二话不说便走开了。马基奥不经过思考从不开口。他的轻合金外骨骼咔嗒作响，这是卫生与社会安全部属下的康复实验室配发给他的，用以替代被地雷炸成碎片的双腿，让他可以继续在永恒之城中行走，不必连滚带爬地挪动。然而不幸的是，人道主义政府提供的义肢就像是一副支架，让他看起来有点滑稽。

“角斗士”命令手下围成一个半圆，把受害者和证人分隔开来。事实上，我们跟警察不同，基本上不必留在原地寻找答案。我们有配额需要完成，交付给议会的血量有明确的指标。如果配额无法完成，议会就会吊销我们的执照，换句话说，那会导致系统的崩溃。所以我们必须积极行动，追踪逃税者，抽取他们的血液，然后清理，转手。但我们也是法律的捍卫者，专门对付衣冠楚楚的逃税者。他们非常狡猾：企业家躲到没有血税的避税天堂定居；政客高坐在权力的宝座上，却让下属负担缴纳血税的义务；还有那些吝啬的商人，胳膊短得不仅摸不着自己的钱袋，甚至连卷起袖子也做不到。

马基奥从远处指了指我，他没有笑：来自乌马内西莫大街的蓝制服也适时赶到了，他们没开警笛。这群家伙的制服上还沾着三明治碎屑。马基奥给他们解释了一下情况。跟往常一样，他们虽然最后抵达，却表现得像是这里的主人。

“角斗士”不需要知道全部细节，就能猜个八九不离十。他只需告诉警察少许事实，指出明显的犯罪证据并提示利用哪一条刑法条例，即可编排出一份漂亮的报告。然后他们就可以继续回去巡查老年人玩宾果的秘密聚集地、斯里兰卡人的电子扑克机、吵闹的菲裔朋友经营的老虎机，以及上个月因宗教平等政策而关闭的新清真寺。说实话，对我们大多数人来说，马基奥就像是个父亲的角色。

“好了……看到这儿的混乱场面了吗，伊拉利奥？‘烤肉串’抢走了我们一次采血机会，而且已经无可挽回。”

我打开免提，开始给自己缝合伤口。通过税警车的后视镜，我看到伤口从下巴几乎一直延伸到右耳，有八至十厘米长。

“等一等，艾伦……你是说安妮莎·马利萨诺的小分队？”

“猜对了！就是她。这群变态在蘑菇餐厅采集经血。”

“什么，没搞错吧？”

“他们什么都敢做。”

像罗马这样的城市，到处是可供抽血的蠢蛋。给我一些砂纸当刑具，再加上几名热爱针筒的蚊子级队员，我敢担保，用不了几个月，就能搞到一大池子血，足够人人有份。如果你愿意，可以称之为“寇斯塔疗法”。反正罗马民众因抽血导致的各种症状都可以用生血能量棒来治疗。事实上，市场对血液的需求从来都不曾减少，我们投放越多，消耗就越快。

“你瞧，艾伦，我查了一下，安妮莎是那小分队的捐血圣母，他们暗地里把血卖给医院和国民医疗体系的诊所。这其中的逃税交易大概够我们忙活一个世纪都不止……”

酒吧大屏幕上正滚动播放安妮莎的小队被捕的新闻，包括那个肌肉与辫子合体的布伦希尔德。法利德围在一圈话筒中间，仿佛美丽而骄傲的孔雀。面对一排排摄像机和智能手机，他身子挺得笔直，双手抱在胸前，两侧簇拥着狡猾的菲裔跟班。他正用古里古怪的意大利语解释这番意外功绩，说到前因后果时，语气坚决，扬扬自得。我这位前血暴组同僚简直像一条滑稽可笑的斗牛犬。那些媒体人兴奋得无法自已，犹如秃鹰一般互相推搡争抢，都想凑近他身边。显然，在他们眼中，这是一件大好事。跟往常一样，他们喜欢制造夸张的丑闻，毫无缘由地搅浑水，激起恐惧，为提高收视率不择手段，以至于收视率和受欢迎成了两个完全不同的概念：总之，血不再有腥味。

“嘿，你听！”

我将智能手机贴近大屏幕的喇叭。与此同时，我手里也没闲着，继续穿针引线，缝合自己的皮肤。我的针穿透薄薄一层凝结的血浆，血小板正聚在我的下巴上开派对。

“……经过漫长而令人疲惫的监视，法利德·塞德夫终于发现了犯罪组织最近一次秘密集会的地点。那是马格利亚纳高架桥附近的‘免税区’，绿林义血会正举行公开捐血仪式，他们完全没有基本的卫生措施，也无视税法的规定……”

我越看他，就越有一种被欺骗和愚弄的感觉。我只想狠狠踢他一脚……也许我也应该踢自己，竟然就这么让他跑了。

“你听，还没结束呢。就差放焰火了。”

“……另外，塞德夫先生指出，这一新型犯罪组织的高层头目安妮莎·马利萨诺是此次集会的领导者，他们还用数以千计的电子蚊虫趁着纳税人熟睡时偷偷地抽血，由此搜集到相当可观的血量。这种危险的做法导致了高传染性疾病的扩散，比如疟疾、脑白质病变和嗜睡症……”

我知道对法利德这种人，一开始就应该套紧绳索。你得背靠着墙壁，不给他机会从后面捅刀。

“我已经控制住那该死的安妮莎，她根本逃不出我的掌心，然后这混蛋……你信不信，他居然敢划破我的脸？他用针筒攻击我，幸亏那是个干净的针筒。”

“你为什么一个人去，就不能等其他人一起吗？”

这一次，我仍旧只能希望伊拉利奥讲的是真心话。反正我不会自欺欺人。我才不在乎他是不是真的没空。

“对，没错，等其他人一起……谁在乎人数呢？人数从来都不重要。法利德有一大群菲裔帮手撑腰，这是连当年的卡塔帕诺也无法想象的。啊，但他要是让我给逮住，伊拉利奥……我发誓要在所有人面前羞辱他！我要从他的屁股蛋上抽血，而你……你可以把这场面拍下来，放到油管上去。”

“什么，你疯了吗？眼下的形势，什么事都可能发生，谁知道有多少人漏网。不，说真的，咱们何必管他怎么样呢？”

我草草地把线打了个结，然后打量着镜子里的自己。我卷了一支烟，以放松情绪。得给那针筒狂人瞧瞧我的厉害，我要打乱他的计划。用不了多久，他就会哭喊着跪在我面前求饶。当然，很明显，我是不会饶过他的。你以为我是谁？

“你想学他的样，变成蠢货吗？我一直在盯那个安妮莎。他的行动很隐秘，一直偷偷摸摸的，混蛋。这是原则问题。”

“原则？你什么时候开始对原则感兴趣了？这不是你的风格……莫非你喜欢上这个安妮莎了？你平时带回家的那些疯女人，我连做梦都不敢想，要么是饥不择食，要么是求钱索财……但说到底，至少是健康人。再看看这位顶级模特，我是说她的皮肤，都成什么样了，嗯？孔眼比蚊帐的还多。”

“别这样，伊拉利奥，你不会又跟我扯那些老生常谈吧？你知道我站哪边。只不过有些事你无法控制。我就是我。”

我开始有点恼火。跟伊拉利奥交谈有时会让我产生一种无力感，比给自己抽完血还要空虚。我开始徒步绕着蘑菇餐厅转圈。

“你就是你……这算什么回答？如果你不介意告诉我的话，确切来说，你究竟是什么样的人呢？”

“听着，我得想办法把她弄出天皇后监狱。那地方有你认识的兄弟吗？”

我把烟头在税警车的车身上按灭。

“咱们根本不该去那儿。据说，那里面连蚊子都叮不到血。别把我扯进去。算了吧，艾伦。我是说，你明白我的意思，你可以想象吧？在监狱里，他们早就给她挂上了点滴，让新陈代谢保持最低水平。这是标准的强制纳税手段，以她的逃税额，谁知道得在里面待多久，好一个圣母……”

“我靠，伊拉利奥！你就这样报答我？你踩进屎坑子时，我是怎么帮你的你还记得吗？你在地下赌窟输掉 12 袋血，为了不至于在艾莫里面前太难堪，你急着想要从路人身上抽血。嘿，伊拉利奥，这些你都忘了吗？”

“我明白，我明白……你变得跟那些卑鄙的吸血鬼一样，帮助同僚就只是为了以后可以讨债。你们管理层怎么说的来着？互帮互助？好吧，恭喜你，艾伦，你说服我了。说吧，我可以为你做些什么。怎么样，高兴了？”

“去你的！”

我俩同时掐断了视频电话。

天煞的蠢货！我要把这卑鄙的混蛋连同他的整个世界一起埋进血缸子里！还有他那种“不关我事”的态度。

从什么时候开始，服从和尊重变得不重要了？有时候，伊拉利奥表现得自命不凡，就像个被宠坏的小孩。小孩？我恨不得踢自己两脚……安妮莎的儿子怎么办？要不是我额外给她 15 天，法利德也许无法如此蛮横地插上一手。安妮莎进监狱是我的错吗？

马基奥已经把蓝制服打发了，他们甚至都没去蘑菇餐厅楼上查看。别以为那是马虎或失职，这叫作“执法机构的协作”。

“角斗士”拖着假腿一歪一扭地走过来，开始数落我。

“所以艾伦，你什么时候才能吸取教训？你真那么渴望制造仇恨？”

“这话说得轻巧……如果政府给我跟你一样的待遇，我就不用在这儿追着自己的下属跑了。”

“别对自己不了解的事含沙射影。我的房子是用这两条腿换来的。”

他对着自己的外骨骼捶了一拳，义肢弯曲变形，但没有断。

“抱歉，我也没想含沙射影。但我的枪伤还不足以获得残疾补助金，那不是我的错。你比我更清楚，我俩都不够资格获得特许待遇，甚至都没有荣誉奖和晋升机会，就连喝几天酒放松一下的特别假期也没有。”

“角斗士”抬头望向天空。

“如果他们这么干，就等于承认错误，承认自己有罪。从战略上看，那必须是一次‘完美的收复行动’。”

他摇摇头，脖子绷得紧紧的。他的血压显然略有升高，但表面依然保持平静。

“你是血税局的一名士兵，你难道不明白吗？即使士兵有判决生死的权力，仍然需要服从指令，仍然是听命于人的傀儡。”

“这有关系吗，马基奥？”

“关系大着呢。艾莫里知道你的行动吗？”

这么看来，他说得对，我的行为比那混球法利德好不到哪里去。我不能给“角斗士”留下这样的印象。更重要的是，不能给艾莫里留下这样的印象。

“他不知道，至少现在还不知道……但我也是为了他，为了血暴组的名誉。”

“你想太多了，这是不对的。士兵不该选择目标，也不该制订计划，而且你猜怎么着？他们根本就不应该操心，因为每次任务结束之后，他们可以忘记自己的行为所造成的后果。别忘了，你只不过是一条用来干脏活的胳膊……”

我很想打断他的战争哲学。马基奥不仅是朋友，而且还是我关心的朋友，只要他别表现得像个聒噪的草包，不然的话我根本不想搭理他，尤其是当我心里有事的时候。我仍需要对付艾莫里，他正企图以罗马史诗般的风格改写我悲惨人生中的每一章。

“对，对，等一下，让我把你的智慧金句抄下来。”

“听着……跟你讲这些是因为我当你是朋友。别做得太过火。”

胡扯。就拿尤利乌斯·恺撒来说吧，他所获得的成就，不是因为遵从罗马议会的命令。相反，他所做的一切，其实很好地展示了如何将国家与自身的利益融为一体。

我捂着脸钻进税警车。离开蘑菇餐厅停车场之前，我朝东罗马分队的人点了点头："蛋头"、"沼泽鸟"、道德沦丧的"懒骨头"，还有马基奥。我打开 MP3 播放器，设成随机模式，第一首恰巧是性手枪乐队的《谁杀了小鹿斑比》。这其实并不好笑，但此刻有太多麻烦事同时发生。

安妮莎在天皇后监狱里就算还活着，也是生不如死。

纯种马

规则七：只有通过销售生血能量棒，才能维持一个文明国家所需要消耗的血量，避免陷入阻碍发展的动荡局面。

尼古拉跟一个扎着荧光头饰的女孩手拉手走在街上。人行道挤满了学生。这两个人嚼着生血能量棒，仿佛那是全世界最酷的体验。

葡萄园大街上到处是放学回家的学生，年纪最小的靠步行，其余的要么驾着覆满贴纸的汽车横冲直撞，要么成群结队骑着嗡嗡作响的踏板摩托。

下课前一小时，我把税警车停在加尔巴特拉区法布里乔的小店附近，然后喝了两杯啤酒，以庆贺一团糟的局势。回想起事情的经过，我充满愤怒。我在法利德身上犯了错，现在得付出代价，这没什么可多说的。

我边想边喝，每一口都充满酸涩。

与此同时，我用智能手机在社交网络上翻查，发现尼古拉是阿梅利尼技术学校的一年级学生。B 班，27 人。15 名女生，12 名男生。专修信息科技。

于是我又喝下两杯啤酒。法布里乔没有对我的外表（我脸上黏着护创贴）和情绪（略带愠怒）发表评论。他了解我的坏脾气，也知道我在工作中通常携带何种“利刃”，因此他又给我倒了一杯啤酒，外加一小盅杜松子酒免费赠送。真是个好主意。所以我已经五杯酒下肚。我猜这算是凑了个整。

城里需要更多像法布里乔这样的优秀邻里心理学家。

出了店门，我再次驶向阿梅利尼。汽车音响正在播化学兄弟的《嘿，小伙，嘿，姑娘》。我一认出尼古拉的身影，便调高了音量。

我开着税警车跟他俩并排前进，身子从副驾驶一侧探出去。

“你好，尼古拉，想要搭顺风车回家吗？”

他立刻认出我来，眼里闪出光亮。他舒展双臂，挺起胸膛，用手指捋了捋头发，意图在情人面前表现一下。那女孩的双眼像钻石一样明亮。

“好啊，但可以先把露西送回家吗？”

“露西？别担心，只要她不住天上……来吧，上车。”

他们太年轻，没听出我话里有话，继续嚼着含有血液成分的糖果。

“我住格洛塔帕费塔街 503 号。”

一转入劳伦提纳街，交通状况立刻变成了十足的噩梦。这是意料之外的荒诞现象，就像夏日的龙卷风和沙尘暴，因为在永恒之城，总是有人千方百计想要比前后左右的人快那么一点点。在罗马，这样的心态往往会演变为行车恐吓。他们凭着天生狂野的驾驶风格，故意挡在其他人前面：受害者可能是老年人，也可能是只有周末才驾车出行的人，或者是那些从来都无法熟练掌握技巧的司机。受害人势必只能减速，甚至停车让道——这是公路上最具价值的战利品。

“你大概不能开警笛，是吧？”

不管是对声音还是食物，露西都很有品位。她很快意识到，假如这座城市受公路达尔文主义支配，那我就是行车之王。

“咱们来找点乐子？”

尼古拉满怀兴奋地看着我。此刻，他借着我的能量折射出一种光辉。这就像是一勺纯净的糖，等到他需要吞下苦涩的药时，刚好可以用得上。

露西咯咯笑着凑到尼古拉身边。

“好——快一点……我一直很喜欢你们‘赚钱队’发出的声响。”

如果小家伙们都这样称呼我们，那也不是我们的错。他们血液里天生就有很高的金融天赋。

“好吧，坐稳了。我不想你们滚到后备厢里去。”

我打开警笛，踩下油门，给他俩一点点刺激，同时也迫使车流分向两侧，我们在马路中间穿梭，体验真正的快感。在阿尔迪哥广场，我转向托马兰西亚，然后沿着格洛塔帕费塔街行驶，直到卫星导航发出嘀嘀的响声。

“我到了，我就住这儿。”

我一关掉警笛，尼古拉就跳下车。他女朋友“啵”的一下吻在他嘴唇上。他在花园门口跟露西道别，然后我俩朝着托里诺开回去。

我们经过一排排松树和方形立柱，又经过许多教堂拱顶，还有无数枯萎凋零的棕榈树，它们厚实的木髓已被成群结队的红棕榈象鼻虫吸干。

“听着，尼古拉，今天发生了一件事。”

他露出沮丧的表情。他并不笨，他能猜得到我的出现不是件好事。

“是妈妈，对吗？怎么了，她又病了？”

我不知道该如何告诉他，至少不能伤害他。尼古拉也许习惯了安妮莎的“幸福针孔”，但这完全是另一回事。真不敢相信我会卷入这种烂摊子。要是伊拉利奥知道了，我敢打赌他会笑出眼泪。

“你妈妈得离开一阵子，尼古拉……”

“所以真的很严重吧。她被送进医院了？我们能去看她吗？”

我没有去托里诺，而是沿着环路继续往北。尼古拉很不安，又剥开一支含有血浆成分的生血能量棒。必须在如此突兀的状况下告诉他这件事，我感觉很不舒服，但的确也没必要拐弯抹角，说什么“流出的血无法收回”之类的废话。

“我认识的一个混蛋把她抓了起来。我给她 15 天时间恢复健康，缴纳血税，但那无耻的家伙没等你妈妈生出足够的血就……你瞧，简单来说，安妮莎在天皇后监狱。”

这一次尼古拉没有哭，他惊愕得连眼泪都流不出来了。又或者，面对这样的消息，他完全不知该如何反应。我怎么知道呢，我从来没跟这种年纪的孩子打过交道。

“听着，有人可以收留你住几天吗？比如亲戚、邻居，或者你们家的朋友？对不起，但我必须问一问……你父亲在哪儿你知道吗？”

他略一思索，然后叹了口气，开始翻查智能手机，仿佛找住处这种事他隔三岔五就要干一回。

“妈妈有个朋友，住在圣马里内拉，只是……”

尼古拉合上手机，咬了一大口能量棒，一边咀嚼，一边争取时间。

“……如果她看到你这样的人，看到血暴组成员，我不知道她会怎么想。”

“我明白了，她也是绿林义血会的，对不对？”

他点点头，挠了挠下巴。

“关于父亲，我一无所知。妈妈几乎从不提起他，但每次说到父亲，她最后都会哭出来，或者往墙上摔盘子。”

完美，我得亲自照顾他了。

我甚至不知道这育儿服务需要持续多久。在他这个年纪，我鲜少与父母见面，他们只是偶尔出现一下。倒不是说我不在乎他们，或者他们不关心我，只是我们的日常轨迹不再有交集。我父亲是本地电视台的混音师，而母亲是一家免费报纸的记者，就是地铁和火车上分发的那种。

“没关系，只不过你要跟我一起住几天，然后再看看有没有对我俩都更好的解决方案。”

“为什么？”

“因为你不能一个人住，不是吗？你到底几岁了？”

“不，我是问为什么让我跟你一起住？”

税警车另一侧的窗外，太阳即将落到菲乌米奇诺机场后面。

那一团炙热燃烧的火球，就像我在中东服役时每天见到的落日。我大腿上的旧伤又有点发痒。我仿佛仍能看到那脖子上挂着来福枪的女童兵，而此时此刻，我身边又有个孩子可能失去母亲。

“我们不能让你跟绿林义血会的疯子待在一起。”

“为什么不能？”

这孩子拒绝让步，跟他妈妈一个样。

“因为如果你跟那群家伙待得太久，最终会变成他们的一员。所以……”

我认识的人中几乎没有可以照顾尼古拉的。我母亲从早工作到晚，不是在写谋杀报道，就是在编辑关于永恒之城的新闻，包括各种时事与罪案。他们一招呼，她就得去干活。她还不如我呢。

我 18 岁离家，她一定是长舒了一口气。她从没直说过，但我猜她很高兴少了一件需要操心的事。说实话，这就像是身上少了个流血的窟窿。

我父亲离婚后搬去了那不勒斯附近，白天享受阳光和海洋，晚上则拨弄混音器上五颜六色的滑动开关。我们并不互相怨恨，只不过由于距离和时间减少了见面机会。

也许我的想法是错的。不管怎样，我从手机里选了个名字拨出去。用“出人意料”来形容这通电话都太保守了。

“瑟希莉亚……我是艾伦，你好吗？”

“是的，艾伦，嗯，我能看到号码……你不需要自我介绍。怎么了，一切还好？”

“当然，一切都好。只不过想请你帮个小忙。”

“这跟工作无关吧？因为你知道我的回答，对吗？”

我当然知道。她一向都很谨慎。

“工作？不，这跟工作没关系。”

我不确定照顾尼古拉是否可以称作“工作”。我不确定他是否在我的责任感所涵盖的范围之内。也许我还没功夫给这孩子赋予精确的定义。

“我认识一个男孩……一个小男孩，名叫尼古拉，他需要找地方住几天。我在想，你能不能好心收留他住一阵子。”

“这男孩是什么人，不是你儿子吧？”

“不是，什么，我儿子？你为什么这么说，瑟希莉亚？”

“你从来都没说过要跟我生孩子，现在却开始给别人照看孩子。怎么回事，嗯？”

“听着，没怎么回事。我没给别人干什么，就算有又怎么样呢？我只是说，我需要你帮个小忙，就几天而已。我必须要工——”我把话咽了回去。

“你看！从来就是这样，艾伦。你连说谎都说不好。你就是一坨狗屎，你知道吗？要我再说一遍吗？狗——屎——”

果然，羞辱的字眼如期而至，就跟缴税通知一样准时！这女人真是棘手。我太蠢了，以为她会有所改变。

“那好，算了吧。很抱歉打扰你。”

“我就知道是这样的结果。你跟别的女人生了儿子，现在找我帮忙？你自己挖的坑，就自己跳进去吧！”

我挂掉电话，不想再听愚蠢的论调，然后猛踩刹车，减慢速度。

“哦，尼古拉，我有点口渴……你要可乐吗？”

尼古拉点点头。税警车在服务区地面上发出尖锐的刹车声。

说到孩子……下车时，我带上了便携式测血仪。我想要核实一件事，如果我猜对了，那是够荒唐的，但对于安妮莎这样的疯子，并不是没可能。

我们在血餐店坐下，就着可乐咀嚼红色的生血能量棒。我取出刺针，尼古拉愣住了。

“我不要往身上戳洞。我跟她不一样。”

可怜的家伙，为了说服他，我得让他稍微放松一点。

“没什么好怕的……我不抽你的血，只需要一滴而已。”

为减轻他的抵触，我将胰岛素针头安到普拉瓦兹注射器上，这是一种非常细的针头，连苍蝇都不会弄疼。

“你瞧，我发誓，就算刺入血管，你也不会有感觉。赌一杯可乐？”

尽管他不太乐意，但还是同意了。我能看出他的不安。他怯怯地伸出一根手指，我以极快的速度刺了一下，仿佛蜻蜓点水。

当我看到分析结果时，心中十分沮丧。虽然他的确有权知道我从他的血里看出了什么，但我尽量不露声色。我发现，他父亲也是 O 型 RH 阴性。

如果随机抽选两个人，他们的血型通常是不一样的。安妮莎一定是对于无私的献血有着非同寻常的执念，所以才选择了血型相同的伴侣，以确保尼古拉长大之后也是全能供血者。

“没问题，尼古拉。你就跟生血能量棒一样健康。我再给你买杯可乐，然后就直接去我家。我住黄金大厦顶楼，你知道在哪儿吗？”

他不知道。

“哦，那么，你喜欢什么样的电影？”

被污染的血

规则八：不公是最好的老师。你可以从诸多案例中吸取教训。

欧雷利亚谷从前被称为地狱谷，因为那里曾有许多锡器与铁器工坊，锻造炉的烟囱里喷吐出大量炙热的火焰。如今它仍保留着这一名号，因为扎堆的空调依然使得此处气温比其他地方高出整整三度。从这里，我们可以看到黄金大厦的轮廓卓然鹤立。那就是我可爱的家。

附近的区域原本都是开阔的农田，我年轻时总是踩着踏板摩托车来回穿梭。现在这里出现了许多刚刷上新漆的预制板房屋，还有一些建筑工地，到处是一栋栋适合三口之家的住宅，有的已经建成，有的即待完工。

我的公寓在大厦40层的一个角落里，俯瞰着蒙特斯帕卡托区密集的房屋。好吧，那套房要等到付清160个月的房贷之后才能算是我的。它虽然是全新的，但已经能看出缺少女主人。你甚至在远处就能感觉到，比如刚从电梯里出来。瑟希莉亚从没来过，连出于好奇看一眼都没有。而贡熙姐如果不来得更勤，也没什么用。我并不是想要让尼古拉对我刮目相看，我才不在乎乱糟糟的床（铺叠整齐有什么用？回头还得把它弄乱），成堆的脏碗碟（还不如等用完了干净的再洗）和罗科[①]的DVD影碟（不包括他的小兄弟）。只不过门口的气味让我有点尴尬。夏天的垃圾腐烂太快，把它们挪到门外只不过是让问题换了个地方。

我们进屋之后，一个黑影逃离贴有凡·高海报的厨房墙壁，窜到外面的阳台上。一阵轻微的风声把尼古拉吓了一跳。

“屋里有人！”

我将血原公司的工具包搁在起居室的餐桌边缘。当然，先得移开早餐物品，包括可颂面包的包装纸以及各种瓶瓶罐罐：蜂蜜、黑莓酱、榛果酱。

你尝过血的味道吗？我尝过。我的血甜得发腻。

“不，别担心……只是提诺而已。他待在外面太热，时不时会

① 罗科·西弗雷迪，出生于意大利的色情演员和导演。

躲进来凉快一会儿。”

“提诺？谁是提诺？他为什么住阳台上？”

我一边收拾空啤酒瓶和柠檬酒瓶，一边忍不住咯咯笑起来。最后，我用手一扫，把生血能量棒的包装纸全都清理掉。

“来吧，看看提诺是谁……”

我带着尼古拉走上阳台，给他看蝙蝠屋。两年前，经过一个夏天无穷无尽的折磨，我终于装上了这只盒子。我当时急需找到一个办法，能够有效驱除成群结队的蚊子。最后，我从佛罗伦萨大学网站上找到了自制蝙蝠屋的详细教程。我没花多少时间就把它弄好了。然后，不到一天工夫，一听说有免费住宅，而且是个满是蚊子的地方，提诺就搬了进来。考虑到这里有那么多蚊子没日没夜地嗡嗡乱叫，提诺简直就是蝙蝠长老。

“什么，真的是蝙蝠？你在阳台上养了个小怪兽？”

我耸耸肩，拉下百叶帘。提诺一年可以睡 5 个月，等他醒来后，白天大多在躲避日光，但到了夜晚，便会出来觅食。类似社会边缘人的生活，可怜的小家伙。

“所以呢？这有什么不好，我也需要个伴儿……迎接我回家。我选择提诺是因为他很低调，最重要的是，他能赶走蚊子。”

尼古拉横着瞟了我一眼，然后伸长脖子观察木盒。那小怪兽用爪子扒住边缘，转了个身，爬到洞口，竖起耳朵探测我们的存在。在我看来，他多半能听懂我们说话。

“他可厉害………我晚上放他出去，能逮到上百只蚊子。”

“他不危险吗？”

“一点也不危险，他几乎连自己的影子都会怕。只要听见附近有猫头鹰的叫声，他可以在蝙蝠屋里安安稳稳躲上一整天。进来吧，我给你弄点吃的。你饿吗？”

我打开电视，让尼古拉坐到沙发上，以帮助他尽快适应临时居所。然后我走进洗手间处理鼻子上的伤口。我撕掉护创贴，从药柜里翻出抗生素药粉，撒到伤口上，加速愈合与再生。

“给我两分钟，我马上就来。你也可以放轻松点。”

虽然伤口附近的皮肤红得像火山裂隙，但我的下巴已经开始愈合。伤口边缘的红肿稍稍隆起，充斥着透明液体，颜色也比较浅。从明天起到缝线脱落，在大约一周时间内，此处的皮肤将一直绷得紧紧的，感觉很不舒服。但这场我自找的麻烦将会持续更久，并且留下比面部伤口更深的印记。

我回自己房间换掉沾满污渍的衣服，注意到床上有一摊汗水的轮廓。这代表着我在夏夜里遭受的痛苦与折磨，包括每一次辗转反侧。

必须找人把空调修好。风扇再怎么样也不可能吹到我和床垫之间。

我套上一件灰色背心，又穿上沙滩短裤。那裤子甚至还有护住私处的网兜。谁知道呢，我们或许可以去公寓的泳池里游泳。刚才上楼时，我颇为惊讶地注意到，公寓管理员终于给泳池里灌上了水。就只有几寸深而已，嗯?！如今，水就是蓝色黄金，几乎跟红色黄金一样珍贵。

我回到客厅。

“你在看什么?”

我快速从沙发边走过，打开冰箱。看到里面的景象，我愣住了。那简直像是食品停尸间，足以令人感到强烈的恐慌。冰箱里有一盘啃剩下的胡椒鸡，那是我昨晚在圭多堡街转角处点的外卖，给空腹的人垫饥也许还行。

“其实也没看什么……只是切换频道而已。”

他这代人也许应该在其他方面也切换一下。至少我有尝试，而且活下来了。不过这些小屁孩大概宁愿一边看剧集，一边啃面包。

干奶酪已经所剩无几，但我还是把它拿出来，又抓了几颗椭圆小番茄。它们之所以还可以吃，或许只是因为在基因嫁接过程中混入的各种化学成分。接着，我开始把所有东西切片，切得很薄很薄。

“艾伦，过来看一下。我觉得你会感兴趣……”

即使调低了音量，电视上展示的画面也明白无误。征血处的两辆血罐车在蒙特弗德附近遭到绿林义血会攻击。那两辆车一定是在执行日常运输任务，前往奥斯汀斯河滨街的蒙特马尔蒂尼血库。

我调高音量，从灰制服刚刚重建的现场来看，这也许是对逮捕安妮莎和博览会区围剿行动的报复。

为确保货物万无一失地送抵目的地，血原公司配送部的家伙想出一些令人叫绝的点子：用假的赞助商徽标伪装车辆，或者用平淡无奇的图案遮掩政府部门的徽章，然后再加上各种各样的装饰，然而这还是没有用。征集的血液中有 10% 因为各种原因而流失，比如他们有时会采到假血，或者有不老实的司机往血液里掺水，或者血罐车遭遇偶然的攻击，就像此刻我们看到的新闻。

“可以预见，这件事会搞得很难看。我不知道你的朋友们这么有能耐。”

数百升血液自破损的血罐车里喷涌而出，其商业价值消弭于无形：巨量的血细胞从血罐车流淌到四风大街的鹅卵石地面。真是浪费，可恶。

“你瞧，这些不是我朋友。他们也许是妈妈的朋友……”

我偷偷瞥了他一眼。经验告诉我，最让我感到害怕的，是那些自身心存恐惧的人。尼古拉先前几次的表现已经说明，他不怕说出心中的想法。

“对不起，尼古拉，你不会往自己身上戳洞，那是没错的，但你的确认识他们。我的意思是，谁知道他们来过你家多少次？还有你小时候，谁知道安妮莎带你去过多少次秘密集会？”

他垂下视线。我一定是猜中了。尼古拉似乎很厌恶集会和所有参与者。一周接一周的会议把母亲一步一步从他身边带走。在他还小的时候，他们一起去参会，他无法抵抗，也无法抱怨，他一定感觉自己无足轻重，必须为绿林义血会的事务让路。

尼古拉看着电视上的场景。无须太敏锐的洞察力，就能看出他对此做何感想。我能想象他坐在婴儿围栏中的样子；或者稍大一点，在落锁的房间里爬来爬去，屋内到处是可爱的玩具；以及再后来，一条性情温和的狗看护着他在院子里蹦蹦跳跳地玩耍。这些也许完全是我的臆想，但我敢打赌，真实情况也相差不远。

“我才不在乎他们。”

他的语气冷冰冰的，仿佛冷冻的晚餐。对了，晚餐。

我把胡椒鸡肉加热一下，装到盘子里，然后往上面滴了一滴橄榄油，又在另一个盘子里撒上一撮盐。我把它们递给尼古拉：一天前的走地鸡，外加刚出冰箱的新鲜番茄干酪沙拉。

“我知道，就是这么回事。没必要生气。听着，罗勒没有了，所以我放了点比萨草。”

“没问题。我能吃下一匹马……”

电视上的新闻结束了，第三辆血罐车的下落依然是个谜。司机说自己被扔出车外，丢在马路中间，而绿林义血会的人把卡车连同货物一起开走了。

“这一次他们真的是越界了，吞掉一整辆血罐车。”

我打开一罐啤酒。没人知道这些血是属于谁的。没人知道这个月除了艾莫里之外，还有谁会气急败坏地骂人。蒙特维德是中罗马分队“好人”皮诺、“锡肋”、“啮齿二号”等人的地盘。

尼古拉一开吃，刚才那股情绪风暴便立刻消退下去。他扭头看了看我裸露的胳膊，视线徘徊于我每月抽血用的针筒之间。

“所以你也是？”

我希望自己像他一样天真。我希望回到13岁，皮肤上没有一个针眼。“对，但跟你母亲不一样。她把血捐出去，我留着自己的血。”

血税会留下可怕的伤疤，那黑紫色的斑块就像是某种标签，从你走出学校开始，一直佩戴到死亡。它也是一种魔法符文，印在人们胳膊或其他部位的皮肤上，代表着新的开始，代表着踏上社会，加入集体。

“等你满18岁，也会有自己的抽血孔……哪怕不像绿林义血会的那样‘隐蔽’。”

他拉长了脸，略微有点惊愕。

“我再说一遍，我从没有，也绝不会浑身扎满针孔。”

“啊，你瞧，又一个拒绝捐血的……”

“我不鸟绿林义血会，也不鸟你们血暴组，你还不明白吗？”

“对，但你并不拒绝偶尔来两根生血能量棒，不是吗？”

他一边咀嚼，一边瞪着我的脸。

“我受够了！受够了这些血液理论……真他妈受够了。”

尼古拉的脸涨得跟番茄一样红。他恼怒地把叉子往盘子里一扔，站起身走到阳台上。

这小崽子很情绪化，似乎有点太容易被激怒。

我又喝下一罐啤酒，同时也给他一点时间平静下来。等到气氛稍稍平复，我们也许可以相互容忍个把星期，然后我得想个办法。稍后，他回来坐到沙发上，似乎恢复了正常，不过他紧握着拳头，连指关节都发白了。

“你想知道另一辆血罐车去了哪里吗？”

“怎么，你知道吗？”

尼古拉点点头。他回到桌子旁，三口两口就把干酪沙拉干掉了。

“我待会儿带你去。天黑之后，因为在那之前什么都看不到。”

*

晚上10点左右，夜幕已经降临，黄金大厦迫切需要透一口气。这种状态短时间内不会改变。

这座巨大的环形建筑由八栋互相连接的楼房构成，外加一个水滴形泳池。泳池配有三米跳板，中间是儿童滑梯。整个大厦四周空无一人，花园里散放着若干长凳，但只有清晨才有人坐，而且都是些渴望一丝清凉空气的老人：到了八九十岁，终于等到退休，然后像孩子一样聚在一起早餐，用读报与闲聊来打发手头沉甸甸的时间。我有一种感觉，他们本来就余时不多，不需要打发。到了夜里这个时候，只有住在高层的几个菲律宾人仍在窗口眺望，还有一位人见人爱的老妇，每天都在阳台上专注地擦拭卫星天线盘。楼下泳池里的水泛起涟漪，仿佛是由于在太阳下晒得太久，仍在缓慢地沸腾着。

对面山坡上，除了连绵不绝的汽车喇叭声，我还听见一辆罗马式哈雷机车呼啸而过。我看到骑手身披一件飞扬的夹克，系着领带，一路驶向城区，多半是去跟同好聚会。尽管今天才刚刚周一，但他们是真正的死硬派骑手，穿梭于酒吧夜店与餐馆之间。

我也不想判断别人的是非，只不过不太理解有些人的行乐方式。

只有大厦顶楼的威尼斯家庭因为无聊的琐事永无休止地争吵着。威尼斯人的家庭闹剧举世闻名，此刻，他们给整栋楼带来了一点点生气。我和尼古拉围着泳池踱步，我听见男主人对女主人大发雷霆。

“啊！你闻不到尿臭吗？就像住在阿根廷塔的猫舍！”

“那你经常去清理一下猫砂盆啊……别老是抱怨，动一动手。”

“哈！告诉你吧……这一次我真的打算动手。我受够了，感觉就像是这只破猫的奴隶！”

“是吗？你要干什么？你疯了？”

片刻的沉默。接着，一只猫发出老鹰般的尖叫，并像老鹰一样飞出窗口，从12层楼往下坠落，在朦胧的灯光下划出一道黑色弧线。猫跟老鹰唯一的区别是，它无法扇动翅膀，而是在空中翻了几个筋斗，最后直接落到泳池里。我俩被溅了一身水。这对我们和那只猫来说，其实还算幸运，不然的话溅出来的就不是水而是血了。

“毛毛！你还好吧？”

女主人探出身子。我们已经浑身湿透。

从下面看上去，她似乎有点发福，穿着粉色及膝睡裙，还有一双可怕的虎纹拖鞋。对于这身打扮，女主人没有说抱歉，甚至一点都不感到羞愧，因为她太担心那只小猫咪。

“白痴！你是彻底疯了。”

她一边恶狠狠地瞪着男主人，一边走回去。一开始，我听到阵阵谩骂，接着是厨具的碎裂声，盘子、杯子、刀叉一定是在满屋子乱飞。我不想知道这件事要如何收场，但也不想在本地新闻网站的罪案栏目里看到结局。

毛毛晕乎乎地从池子里爬出来，就像溺水的老鼠。它抖了抖身上的水，抬头望向上方。经过这番恐怖经历，它似乎不愿再回到威尼斯人的家中。它在角落里躺下，鬼知道在想些什么……

自从我遇到尼古拉以来，这是头一回看到他脸上露出笑容。

回到税警车里，我决定不呼叫增援。这一次我打算便服出行，独自一人，只穿背心短裤。

一路上，尼古拉一声不吭。我用白条纹乐队的《七国联军》和谁人乐队的《巴巴 · 奥莱利》填充这沉默的 15 分钟。

夜晚在潘菲利别墅行走需要十分小心，尤其是东翼那片不太知名的区域，其中的光线更加昏暗。

“到了。”尼古拉钻出车外，我紧贴着墙壁停妥税警车。我们在黑暗中沿着诺切塔街步行前进。

刚走没几步，他便停了下来。尼古拉知道一条秘密通道，那是一堵墙，可以把砖一块块拆下来，穿过之后再放回去，就像一道马赛克门户。考虑到别墅区的所有大门都有闭路电视监控，这是个好主意。

我们花了 5 分钟把墙拆掉，然后再拼回去。于是，我俩进入了潘菲利别墅。我真的很想知道，绿林义血会是怎么把整辆血罐车弄进来的。关于这一点，连尼古拉也不清楚。

黑暗中，我们确认手机已关闭，然后沿着隐约可见的小径行走。这些路也不知是谁踩出来的。尼古拉精神抖擞地走在前面，而我默默地跟着。草地在脚下发出轻微的声响，但蟋蟀啾啾地抱怨着夜晚炎热的空气，为我们提供了完美的掩护。月光下，勉强可以辨识出蝙蝠飘忽的身影飞扑到喷泉中喝水。

走了整整一英里地后，尼古拉终于打破沉默。他眨了眨眼，即使在昏暗的光线中，他的双眼依然透着光亮。

“你觉得我妈在那里面要待多久？”

他比了个手势，示意我不要动。远处有簌簌的声响，但不是风。那是脚步声，许多脚步声。我们躲到一截被白蚁掏空的树干后面，以确保不会遭到这群夜行者的偷袭。

他靠近我身边，我低语道：“要很长时间，尼古拉……我在想办法把她弄出来，但事情相当复杂。如果没有熟人，很难跟监狱打交道。我不认识那里面的人。”

我们沿着微微起伏的地势继续前进。潘菲利别墅的这片区域我并不熟悉。此处是罗马的中心，也是永恒之城腐败的肺部。即便如此，我仍感觉有点迷失，辨不清方向。尼古拉指了指草丛中一块颜色较浅的区域。我隐约看到树枝与荆棘之间藏着一辆大卡车。

“看到了吗？”

“是的，就是我们被盗的货物。”

“你很快就会看到绿林义血会……如果我妈进了监狱，那都是他们的错，是萨吉欧的错。”

他似乎打算往前走，但被我拉住了。夏季的暴风雨吹落一堆枝枝杈杈，其中夹杂着糖果包装纸、塑料杯和塑料餐具。稍远处，我看到有红色、黄色和绿色的帐篷，透出昏暗模糊的灯光。

“等等……萨吉欧是谁？跟我说说。”

“他是绿林义血会的创立者。我妈以前是护士。他是恩贝托一世医院输血中心的医生。第一个跟她谈无偿献血和集体捐献的就是萨吉欧。只不过由于处理过太多别人的血，他感染了丙型肝炎……”

说到恩贝托一世医院，让我想起那次血液污染丑闻，整个意大利有 1400 人死亡，8 万人感染。当时的报纸上称其为“漫长而寂静的屠杀”，我母亲在她的免费报纸里也是这么写的。数年后，法律程序启动，那是意大利最早的集体诉讼案之一，但就跟这里的许多事一样，开始后却不了了之。

“那医生真的得了肝炎？”

“是真的。萨吉欧在一次会议上说，他曾在法院地下室里发现一袋几乎被遗忘的血。他说那袋血来自一名未知的捐献者。没人知道它从哪里来，也许是在等法官的分析，然而法官彻底忘了，或者故意要让它腐败变质。萨吉欧说，相较于挽救病人的生命，感染的风险算不了什么。”

血罐车的引擎发动起来。几名绿林义血会成员钻出来，将两套医疗设备放到地上。

“还有一次，他们找到一批来自国外的袋装货。这东西只能给最穷的病人，我妈称之为‘粉状血’，那不是干净的血。在20世纪90年代，检查不像现在这么严。萨吉欧得病之后，一切都变了。他们没能如愿建立起家庭……”

尼古拉犹豫不决。萨吉欧不是他父亲。他父亲是后来才出现的，因为安妮莎希望弥补先前的双重悲剧：萨吉欧的死使得她永远不可能生下他的孩子。

“母亲告诉我，萨吉欧临死前为了跟疾病抗争，每天要吃二三十种不同的药，但那破坏了他的免疫系统。不到6个月，他就死了……”

这个留着长刘海的孩子说起死亡就像是沙场老兵。伤疤可能出现在最出人意料的位置，有些深处的创伤肉眼甚至未必看得到，而伤痛也可能有潜伏期，有时候，就连粗厚的硬茧也会在最不经意的时候产生痛感，提醒你它的存在。尼古拉也许并不自知，但他似乎有着不折不扣的真伤疤。

奇怪的是，据我观察，安妮莎相信疤痕是治愈的标志，而“幸福之孔”代表着战胜血液疾病，仿佛那是一种既黑暗又正义的魔法。

因而，她相信自己受到上苍的庇佑，作为一名全能供血者，不应该受制于血税局的管辖。

“你是说，你母亲没能救回萨吉欧，又想不出更好的办法，所以就继承了他那荒谬的‘圣战’？”

“差不多吧……她从医院辞职，当起了兼职画师，以便有更多的空余时间。她年轻时，在成为护士之前，曾经想要当个画家。她是少数在法定时效内获得600欧元补偿金的人之一。我外公也给了我们一些钱。等他死后，妈妈开始用继承的遗产组织各种罢工和示威游行，在罗马南部。”

安妮莎的执念很明显，就像血清一样透明：她救不了萨吉欧，于是便想尽可能多地拯救患有血液疾病的人。

我感觉腿上湿乎乎的，低头一看，一条棕色的蠕虫正顺着我的小腿爬行。那是一条蚯蚓，大约20厘米长。站在潘菲利别墅的这片树林里，我想象安妮莎体内也有类似的虫子，仿佛饥饿的绦虫，与她合为一体，只有危险的献血行为才能令它满足。

我没把这个恶心的念头说出口，那不适合跟孩子讲。我不想进一步损害安妮莎在他心目中的形象。假如我真的有机会跟瑟希莉亚组建家庭，不会要求我的孩子爱我，但他 / 她至少得对我有点尊重，那样就足够了。

我不知道。每当我看到自己的父母，还有其他人的父母，就在琢磨，他们教给孩子的也许是自己觉得重要的事，而不是真正重要的事。这是不对的。他们教给孩子应该知道的东西，而不是生存所必需的知识。然而，不可否认，无论家长品性如何，都会告诉孩子一些关于这个世界的理念。

我的理念是，不管你看到杯子是半空还是半满，重要的是灌什么进去。

“听着，尼古拉，我很感谢你对我，对罗马，对整个国家的帮助……不过别太生你母亲的气。她是那种一定要逆流而行的人，必须在各种层面上向生活发起挑战……我不知道有没有说清楚，但要知道，即使那是唯一的原因，你也得尊重她。”

他根本没听我说话，而是望着前方。此刻已接近午夜，阴影中开始出现一些动静。

潘菲利别墅的夜晚

规则九：看不到逃税者，并不意味着他们不存在。

我们眼前的这一幕是集体捐献仪式，有点超自然的意味。相比之下，人们每天、每月、每年不断重复的经历实在过于空洞：我指的是日常的花销、账单、税务以及清洁、医疗、度假等需求，但我不再一一列举，免得让你感到无聊透顶。

沉默的人群从四面八方走出来，汇聚到被盗的血罐车隐藏之处。他们的神情既迷失又专注，仿佛参与某种游行典礼。大量的病人源源不断地涌入空地，仿佛历史画卷中的人群。

他们并没有聚拢，而是各自分开站立，最多两人一组，警惕而怀疑地将双臂抱在胸前，但同时又充满信任。

月光投下一排排影子，树上的枝叶随风摇动。绿林义血会的自行车辐条上附有铃铛，黑暗中，这铃声是唯一的音响，仿佛令人松弛的催眠曲。我能嗅到空气中树脂和植被的气味。这是一幕令人不安的场景：100 ～ 120 人围成半圆，等待血罐车的水泵输送血液。

一名看起来像是管事的男子爬到血原公司的卡车顶上，解释今晚的安排。他身穿黑色 T 恤衫，上面印有红色字母，那是数年前罗马队的铁杆球迷组织所热衷的标语，如今被绿林义血会拿来当作口号。

抗争，也许会输，不抗争，绝不会赢。

伊拉利奥有一件一模一样的，他常常在罗马队输球之后穿，给自己打气。

“欢迎各位，这次的人数比我们预期要多。捐献很快就会开始。”

在他下方，两名绿林义血会成员正往两个巨大的储血罐上安装专用过滤器。

“请大家多一点点耐心。血液净化装置需要 15 分钟才能完成操作……你们已经等了那么久，再多一会儿也没什么区别。”

我更加仔细地观察。这里甚至都没有逃税者。他们不在血税局的征血范围之内，是缴税门槛以下的穷人。

参与仪式的人五花八门：有高挑苍白，看起来像是同性恋的小伙子；有举止优雅的下肢瘫痪者，坐在闪亮的加固型轮椅车上；有打扮入时，身材精瘦的男子，紧张不安地吸着刺鼻的雪茄；有年纪轻得令人惊愕或者已跨入中年的女性，但她们都穿着紧身上衣与迷你短裙；有一脸严肃，留着山羊胡和古怪发型的少年；有推着婴儿车，面容憔悴的家长。所有人或多或少都带着一点焦虑，急切地等待着输血。为了得到这份救济配额，他们心甘情愿地守在这里，哪怕需要等上几个小时。

我正在从头到尾检视等候的队列，尼古拉扯了扯我的胳膊。

“快看，我妈把这叫作‘魔法’。”

血罐车里的原始血液缓缓地注入一个直径 20 ～ 30 厘米的过滤设备。忽然间，那小小的金属装置运转起来，发出类似灭蚊灯的嗡嗡声，开始净化其中的血液，拦截感染物质。

我曾经读到过关于此类设备的文章，是根据中国专利制造的。人们经常会听说这种稀奇古怪的东西。我估计它们原本只是简单的气体 / 液体过滤器，盗自马格利亚纳或库克山的泵站，然后再根据某种反应原理改装而成。

有几个人骑着配有绿林义血会涂装的山地车，此刻，他们打开侧面的车袋，取出一些铁罐，摇晃着把里面的东西甩出来，散播到空气中。

新的噪声立刻出现了，一种高频嗡嗡声，越来越响，类似于每晚折磨我的声音，但不知强了多少倍。

一大团机械蚊子如云雾般朝着聚集的男女老少俯冲。出人意料的是，人群实际上对这些虫子并不排斥，带着一种近乎顺从的平静。

机械蚊子显然设成了检测模式，因为它们没有吸满血，只抽一点点就嗡嗡地回到骑车人那里。

接着，助手们用设置好的仪器测量病人的血液匹配特性。他们并不依赖乞血者的自述。

他们招呼众人上前，不是用名字，而是按照抵达顺序。

我们依然蜷伏着躲在阴影里。绿林义血会免费派送的血液在黑市上可以卖到每公升 90 欧元。

这样说也许不好，但罗马的地下体系是那么古老，深深扎根在大多数人的生活方式之中，远比合法的经济更加高效，有时甚至更人性化。因此，毫无意外，当金融危机不时在别处肆虐并带来显著的社会悲剧时，永恒之城却几乎不受影响。

你常常会听到抱怨，而那些最富有的人往往意见最多。

“我妈一开始也是帮忙注射的，后来她成了组长。”

乞血者们纷纷拿出一次性针筒，准备抽满血液。不敢自行注射的人则会找绿林义血会的助手帮忙。于是，人们组成四个队列，每一队对应一种血型。另外还有一队，由血友病和温韦伯氏症患者构成，他们需要的是血浆，因此没有匹配问题。

“然后她开始在家里为博览会区的病人组织集会。她鼓励年轻人和志愿者执行注射，帮助他们学习。像这样的场面，我见过无数次。”

随着血液的流淌，人们兴奋起来。乞血者一看到现成的鲜血，变得激动不已。排在最前面的人往前挪进的势头，就像是摇滚明星登上舞台或者足球队员入场时观众席前排的人群。不过这一次不是为了接近偶像，而是因为血液的引力：血管里流动的液体感觉到更多同类在召唤。

然而有些人很害怕，因为即将输入他们体内的血液就像是转手的钱币：很难确定是血税局从谁的血管里抽来的。没错，他们一定是健康的捐献者，然而具体来自哪里，以及最重要的，究竟来自什么人，这些都存有疑问。没错，这血是干净的，不用担心，然而假如我告诉你，它来自监狱中悔罪的杀人犯呢？又或者，它来自一名美容师，修指甲是她最大的乐趣（没有冒犯的意思）？又或者，它来自真人秀节目的参与者，脸上挂着假笑，随时都密切留意着“大好机会”。如果是我的话，会有一点点担心。

“你妈妈从没离开过针头。一开始，她给这群家伙抽血，然后又抽自己的。现在，有其他人在给她抽血。”

话说出口，我才意识到最好还是不要提。尼古拉皱起眉头，露出疑惑的表情。

“什么意思？你是指监狱？”

“是的，抱歉，不用在意，我应该保持安静。”

他没再说什么。他的脑袋里在想别的事。

“如果抓逃税者那么难，你是怎么逮住他们的？”

“用一种奇怪的东西，叫作共情。我跟他们一样，对法律多少有点厌恶。但他们付我报酬，让我维护法律，所以这就是我的工作。”

“共情……”

“想象一只苍蝇，你有没有注意过它们在其他苍蝇面前的表现？”

尼古拉努力试图跟上我的思路。他摇了摇头。

“我注意过。它飞来飞去，钻进各种犄角旮旯，想去哪儿就去哪儿，无论做什么都不必受制于人。它认识一群苍蝇朋友，也明白该轮到你时就该轮到你，没有谁真那么了不起。为了觅一口食，不管什么垃圾粪便，它都会趴上去。”

“我懂了……你现在打算怎么办？要逮捕这群家伙吗？他们也

是逃税者。”

“你想什么呢，尼古拉？没看见我就一个人吗？”

空地右边有个年轻人一直在望风，盯着沿街的那一侧。此刻，他正飞快地奔向卡车。

“不过我猜已经有人抢先一步。”

那望风的一边跟绿林义血会成员交谈，一边张开双臂做气馁状。主持人没有浪费一秒钟，立刻爬上车顶，警告众人这一意外状况。不过在我看来，那完全是意料中的事。

“我刚刚得到消息，咱们被发现了……卡宾枪骑兵[①]正在赶来，最多还有四五分钟时间。谁要是注射有困难，必须找人帮忙。我们得尽快处理掉所有的货。”

然后他坐进驾驶室，把卡车开走了。要把这么大一辆车开出去，绿林义血会里一定有躲避监控摄像头的专家。

于是，他们加快血液注射的速度。在这场集体输血仪式中，人们眼中只看到红色的液体，到处是拆除针筒包装的噪声。只片刻工夫，所有偷来的血液便尽数消失在乞血者的血管里。

输完血之后，他们轻轻揉搓红肿的静脉瓣，然后愉快地躺倒在地上。一群黑制服搭乘三辆大吉普车抵达，立刻展开清场行动，

---

① 意大利的国家宪兵，主要职责包括管理军队及协同意大利警察维持社会治安。

准备当场抓人。绿林义血会成员早就消失了，偷来的货物也已分发完毕。

卡宾枪骑兵们困惑地在躺倒的人群间穿行，时不时踢上两脚，看看是不是有人在装蒜。

他们试图拖拽地面上纹丝不动的人体。在他们看来，这种荒谬的表演也许是某种大规模消极抵抗运动，可能与和平示威或政治抗议有关。

没错，他们的胳膊和身体上不但有针孔，还有被机械蚊子叮咬的痕迹，但无论如何都很难弄清这群疯子仅仅是换血，还是参与过其他与血液相关的诡异活动。

获得新鲜血液的人们躺在地上像白痴一样傻笑：混沌，快乐，亢奋。

如此场景，几乎可以称为神迹！罗马的确并非一日建成，然而它从不缺乏惊奇。

“所以你爸也是那群家伙中的一员，对吗？”

“那群家伙是指谁？”

“乞血的人……”

空地里已经没什么可看的，只剩下黑制服在欺负那些并没犯错的人，他们向来就有此种恶习。用警棍胡乱敲打几下之后，他们坐着吉普车回去了。

我示意尼古拉，我们也该回到出口去。

“所以呢？你为什么这么关心他……已经问了我两次。”

这次轮到我闭口不答。这是个微妙的话题。反正从尼古拉激烈的反应来看，安妮莎和这位 O 先生的关系并不长久。

走出潘菲拉别墅，我们回到税警车里。我重新打开手机，发现错过了伊拉利奥的一个电话。这位同僚虽然表现不佳，但还是值得关注一下。我给他打回去。

“嗨，艾伦，对不起，这么晚打电话来……还有先前的事，我也很抱歉。”

“没关系，你知道的，我不记仇。”

“对，我知道。但我不知道自己是怎么了。也许是因为弥尔娜。你想想，为了帮她，我有多难……只不过现在艾莫里开始注意我，所以才能向他借到血。”

“没事，真的，过去的就过去了。说起来，那贪婪的家伙要压榨你多少血？”

“每两个月自抽 450 毫升。他免掉 15% 的征血额度，但加入了匹配测试。”

“就这些吗？……绿林义血会可以给你更好的价码。”

“你觉得是这样？”

“我觉得是这样。我得挂机了，我需要睡眠。”

“晚安，兄弟。”

我挂断电话。尼古拉躺在后座上几乎睁不开眼。“咱们回家吗？”

我猜他指的是我家。我没回答他的问题，只是把车开动。等他合上眼，我打开 MP3 播放机，选中吉米·亨德里克斯的曲目，静静地听着《太阳的第三颗行星》。

血契

规则十：在逃避血税的背后，往往藏着更糟甚至更可怕的东西。

我醒来后开始偏头疼，其烈度堪比无数针头扎入脑壳：仿佛有重重叠叠的钉刺构成一股旋涡，如风暴般钻进我的脑袋，令我痛苦万分。不过我从儿童时期就饱受偏头痛的折磨。

接着，我意识到自己的错误。造成这种不适的原因是我成了攻击目标。我的脸、肩膀和后背遭到一大群蚊子的疯狂袭击，而饥饿的蚊子在永恒之城十分普遍。只有我的腿和脚得到保护，因为昨晚我一头栽倒在沙发上，忘了脱掉裤子和鞋。

我望向外面的蝙蝠盒。提诺正倒挂着酣睡，没有飞来飞去巡逻。他在搞什么鬼，难道是休假一晚？

起床后，我更加仔细地查看皮肤上的洞孔。我发现不能怪他。那些红色咬痕的中心有个小孔，可以看出是机械蚊子叮的。绿林义血会总是利用这种该死的虫子抽血，这一次我成了攻击对象。

蚊香无法驱散它们，杀虫剂和防蚊霜对它们不起作用，电子杀虫灯就像给它们挠痒痒。我让尼古拉睡卧室，屋里有加固型防蚊纱窗，而我自己在客厅睡着了。于是我不知不觉成了绿林义血会的捐血者，为这群疯子提供资助。

我脱下短裤，用它擦拭后背的汗水，然后扔进洗衣机，再换上另一条相对不太脏的。

门铃响起，我祈祷是红十字会，但其实是贡熙妲，她一定是看到了我昨晚的短信。

“嗨，你还好吗，帅哥？”

她看上去棒极了，紧致的皮肤熠熠生辉，指甲上涂着闪亮的油彩，身体曲线丰满完美。哦，这地方每年有六七个月都十分炎热，这种时候，她就像一辆掀开顶篷的跑车，展露出漂亮的车身。

“嗨，贡熙妲，瞧瞧你……”

我摆了几个健美运动员的造型，让她看机械蚊子在我皮肤上轰炸的结果。我侧身站立，以便把脸上的划痕留到最后展示。

“昨晚它们把我折腾得够呛，我的皮肤绷得有点紧，神经也很不痛快。除此之外，一切都很糟。”

贡熙妲用她那精巧的双手摩挲着我的皮肤，轻轻揉搓肌肉，让我感觉很惬意。假如再过火一点，我当场就得把持不住。

“有个逃税者在我眼皮底下被人劫走了，有个同事在我背后捅刀，最过分的是，现在我的床上躺着个小孩，而他甚至跟我没有半点亲戚关系……”

我转过脸，面颊上的伤口又替我挣到了一波爱抚。

我知道邻居们看见贡熙妲都很兴奋。年轻人从猫眼里窥视她，老人用阴沉的目光看着她，很难说是非难还是享受。

她踩着高跟鞋，扭着屁股，简直像个走猫步的模特，就跟克里斯托弗·哥伦布街的站街女一样风情万种。她成功的秘诀在于摇摆的臀部能产生即时催眠的效果，扰乱别人的心神。

“那孩子在哪儿？”

最近一年多以来，我和贡熙妲之间有个协议。

“就在里面，他还在睡觉。我们看了五个小时科幻电影，到凌晨才躺下。”

她第一次作为意大利公民来报税时，搞得我有点神魂颠倒。我把一沓年报送去征血处的对外营业室，然后看到她站在我跟前，浑身散发着性感迷人的魅力。贡熙妲最美的地方在于，她的异域风情中没有一丝乏味。

她向我问路，我直接把她带到了目的地。她说她害怕扎针。

我跟许多自以为聪明的男人一样，说了几句无聊的笑话。她喜欢笑，而她双唇间发出的笑声可以让所有人魂不守舍。

很抱歉，我的比喻也许不恰当，但面对她的“高级钓鱼术”，任何当打之年的男性都很难抵抗。许多比我更有权势、地位更高的人都曾因为更无谓的理由而丢掉饭碗——甚至丢掉一切。

“你的科幻……我想起来了，你也跟我一起看过。”

“不是一回事，你跟我看的是《星球大贱》，那更像是情色幻想。”

那几个月，我俩经常一起出去玩乐，花了大把的钱在萨萨舞和梅伦格舞上，或者是去情趣用品店。然而我不得不停手：我必须控制自己的头脑，不能成为一个性感尤物的奴隶。她为了谋生，每天得要十几二十次高潮。

别误会，我对她没有偏见。我的意思是，据说这是世界上最古老的职业，只不过我有点厌倦了整天听她兴奋地呻吟，厌倦了听她充满热情地跟色眯眯的客户通电话，厌倦了看她自如的表演，仿佛我们生活在色情电影的片场中，周围是一排排的电子振动器、顺滑剂、刺激油、延缓膏、军服、女仆装、舞会面具、道具服，以及各种荒唐的装备，涉及妇科、烹饪、宗教、体育等各方面，还有一堆其他玩意儿，我就不提了……

我牵着贡熙妲的手进入卧室。“他睡得那么香，真可爱……”

不管怎么样，我和贡熙姐一直是朋友，而且是好朋友。她时不时会过来跟我“来一发”，让我暂时不那么较真。她说她担心我的健康，我不能住在猪窝里，就像个孤零零的邋遢鬼。她说她很乐意帮忙。考虑到菲律宾帮佣的价格，而我又不想让一大群秘鲁清洁工进门……我不是种族主义，只是审美偏好：相比罗圈腿的秘鲁女孩，我宁愿请身材丰腴的委内瑞拉姑娘偶尔替我擦擦窗户，看她在凳子上爬上爬下。这并没有不尊重的意思，但两者缺乏可比性。我才不在乎别人怎么想，有什么关系呢？反正也没人在乎我……

“听着，我得出门去。让他睡到自然醒。我们昨晚真的睡得很晚。等他起床后，给他看电视，或者玩游戏机，反正就是让他找点乐子。”

她顽皮地眨了眨眼。“他不去上学吗？”

我赶紧打断她说：“今天不去。不过听着，他才 13 岁。别出什么怪招，比如扮医生检查身体之类的，明白吗？”

她撅臀叉腰，摆出挑衅的姿势。

“笨蛋，我喜欢孩子。”

我模仿她的动作和语气。

“他有那样一个母亲，早就不是孩子了。”

我俯身拍了一下她的屁股，又亲了亲她的脸颊。

“嘿，扎出洞了哎，艾伦……”

“抱歉，我的胡子茬。”

她喜欢开玩笑。如果说我的肉体很虚弱，你可以看看我的意志有多坚强。

墙上的时钟告诉我，已经两点了。晚了，太晚了。我朝着停车场走去，心中期望鸽子们也像我一样懒惰，至少今天别急着出来拉屎。

在当天的例行工作中，我没费太多针头就让大量血液归入血库。快要下班时，我去见艾莫里。他没在波图恩斯的血库协调血暴组各分队的行动，而是亲自去奥斯汀斯河滨街查看生产进度了。通常这是他星期二的日程。

台伯河缓缓地流淌，仿佛注满着静止不动的紫色墨水。圆柱形储血罐外面围着一圈脚手架，而其上方的天空简直像是电脑壁纸。天空中飘着云朵，周围朦胧的光晕有种不真实的感觉，犹如出自电影镜头。这就是居住在罗马的最大好处。

我叹了口气，再次将目光投向永恒之城。奥斯汀斯河在蒙特马蒂尼电站的原址绕了个弯，如今此处是新克洛卡公司的大门，一部分税血就是在那里面变成了维他命棒。你知道“条条大路通罗马”吧？现在应该改成“条条血管通心脏”。不是夸张，罗马的地下流淌着一条由鲜血与黑钱构成的河。

炫目的日光从早上开始就一直在摧残我的眼睛。阳光在大气中烧灼出一个洞，然后又在公寓和汽车的窗户之间来回弹射，最后刺入我的双眼。这比卡西利诺和提伯亭诺的废墟里那些黑帮的插眼酷刑还要可怕。他们有句口头禅：手头有什么就用什么……要我说，这总比刀光闪烁甚至子弹横飞的埃斯基里诺要强。

我渴望黄昏的降临，让我可怜的眼睛能够歇一口气，也让大脑稍微冷却一下。

一进入地下，我的鼻黏膜就感受到一股强烈的冲击，那是灼热电子器件的气味。血液甜腻的味道令我一阵晕眩，就像是鲨鱼闯进了鱼贩市场。

迷宫般的下水道、输气管和存储罐被改造成血原公司的工业基础，也撑起了艾莫里的血液帝国：这是一座不算太秘密的要塞，地下废墟中，机器的噪声永不停歇，巨大的长走廊里回响着血液专家的脚步声，也充斥着未知的陷阱。此处每 3 个月就要做一次结算，以决定促销与库存等事项。

在古罗马，除了罗马人，还有众多大理石雕塑的神话人物，构成另一个平行国度。如今的永恒之城里，也有一座城中之城，同样强大，同样渴望金钱，并从血税中提取养分，制造出固态的维他命棒。

很显然，投资血原公司比投资保健产品的研发更有利可图。

卖糖果总是比卖药容易。人们怎么说都无所谓，但只要仔细看看数据，计算一下“自愿”消费的总额，就可以发现，无论哪个年龄组，相较于为痛苦买单，人们更愿意为了快乐而掏钱。

艾莫里的“消费主义吸血经济”和所谓“欲望理论”已经听得我耳朵里都起茧了。金钱只是价值转移的手段，而且甚至都不是特别有效的手段，如果说价值是相对的，那金钱又算什么呢？

我发现自己面对着墙上一幅长达 50 米的血原公司广告，这让我更加晕头转向。画面中是些体格超群的人物，有旋转起舞的明星，还有浑身肌肉的足球运动员；然而这些仿佛神族下凡的角色，归根到底只是参与了一场经济活动而已。

我不太懂市场营销，但坦白说，在广告中植入具有传奇能力的人物，并赋予其宏伟叙事，以塑造伟大的商业成功，这似乎是有点过头了。

糖果，没问题；健康，没问题。但其余的就只是夸张粉饰而已。

反正用民间传说来做营销已经成为惯例，仿佛永不消散的障眼迷雾：法洛帕国王、梅奥·帕塔卡、鲁甘提诺，到处都能看到他们在向老老少少推销商品。

我走下 3 层楼梯，循着一条 3 米高的隧道前进，沿途有较小的岔道通往别处。我看到艾莫里站在隧道尽头一块水文局的标牌底下，一边说话，一边比画。他拄着一根精巧的龙头拐杖，正与一名食品工程师争执。那穿白大褂的家伙递给他一个罐子，艾莫里伸出两根手指蘸了蘸，然后放进嘴里。

“我说这是假的……你看，颜色太红了。”

他露出嫌恶的表情，眼珠简直要从眼眶里蹦出来。

“这的确是人血。”

“随你怎么说，但它尝起来像狗血。我甚至都不想知道它是哪儿来的，也不想知道谁送进来的。巴尔干骗子……每当这种时候，我都会为自己的出生地感到羞愧。”

工程师没有坚持，但他显然很恼火，因为无法再使用这一资源。油价是 110 美元一桶，血价是 6 万美元一桶。

红细胞被拿去制造糖果棒，白细胞和血小板可以用来加强化疗病人的凝血能力。而血浆是制造免疫蛋白、抗生素和制药反应剂的珍贵原料。将血液的基本成分分离之后，它的价格上升到 10 万美元一桶。

“拜托把它处理掉。”

总是有人以为自己可以突破规则。我指的是自然规则，并非人类制定的规则。因为动物血液里的蛋白质跟我们的不同，当兽血注入人类血管，身体会出现剧烈反应，释放抗体，对付入侵的异体细胞。

艾莫里转过身，我跟上前，尾随着他，而他甚至还没看见我。

很久以前，他母亲住院期间，医生建议她立一份遗嘱。艾莫里和他的哥哥们去医院献血。在等医生的时候，他的兄长们开始争吵应该由谁支付母亲的医院账单。他们说小时候，她对他们很不好，最重要的是她把所有财产都留给了艾莫里，她最喜欢的小怪物。艾莫里捐了血，但兄长们却拒绝献血。等医生到来时，他们已经走了，只留下一袋血给护士。医生别无选择，只能使用那袋血。手术后，当老妇人醒来时，却发生了强烈的排异与过敏反应。她愤怒地意识到，为惩罚她把所有财产都留给艾莫里，她的大儿子们用一袋牛血换掉了他捐献的血液。在我从前线返回后的伤病恢复期间，艾莫里就喜欢给我讲这类故事。

其中的教训是，血不是闹着玩的事。所以如果有一天，你发现自己的尿黑得就像烟囱里流出来似的，就知道是怎么回事了。

他终于意识到我的存在，转过头来。艾莫里邀请我去他的办公室。他又仔细打量了我一番，然后像往常一样，再次规劝我好好收拾一下，别搞得像个流浪汉似的。

“拜托，艾伦，你最近有没有好好看一看自己。只有制服上血暴组的标记才能让我把你跟特米尼车站的流浪汉区分开来。”

我的裤子得在洗衣机里滚一滚。下巴上的胡子已经一星期没刮，需要彻底清理一番。至于我的头发……它就是这个样子，将来也不会改变，艾莫里只能忍一下了。我最多扎个马尾辫，将恐惧元素减到最少。

不过有时候你得承认老板说得对。安妮莎的案子我有点陷太深了。我唯一可以为自己辩护的一点是，假如有他帮一把，我就能迅速解决遗留问题。

“这件事已经过去了。”

我试图说服他，因为我自己也不太确定。

“你有多久没来克洛卡的工厂了？不会是得了恐血症吧？”

艾莫里的脸上布满麻点，他把头发贴着脑壳往后梳，并涂上亮闪闪的发膏，那味道浓烈刺鼻，隔着五米就能闻到。我猜他是故意的，用以掩盖如婚纱裙摆般紧紧跟随着他的血腥味。

“我还有别的事，日常事务……跟我说说你的工作？这个月的进度能完成吗？”

我尽量装出冷漠的表情，一屁股坐到沙发上，目光四处游移。艾莫里的书桌后面有一扇黑乎乎的窗户。窗外，几台巨大的离心分离机正以每分钟三千转的速率将血液分解成红血球、血浆，以及被业界称作白膜层的白血球与血小板混合物。这些不同成分被输送到连接主机的袋子里，一切都在严格的无菌环境中进行。

血液流过一根管柱，其中充满抗凝结的化学微粒，然后经过热交换器，冷却降温，最后进入一系列分离罐和传输管道。厂房里有两个倒扣的容器，互相嵌套，看起来像是巨大的圆屋顶。离心分离机工作时，较重的红细胞沉淀至底部，较轻的血浆向上浮起。3 种分离物必须经过许可才能用于产品制造。许可意味着血清病毒筛查，包括乙肝、丙肝、梅毒和艾滋病感染源。

血液根据储存日期分配——其实就是售卖——到不同地方。

少于两星期可用于输血。超过这一期限，输血者凝血和心肌梗死等风险将大大增加。

两周后，血液可分离为各种基本成分，用于血制品生产。

4 周后，它就只能用来制造生血能量棒了。

“血流从不停止，艾伦……我们正加大产量，迎接夏季的销售高峰。今年我们准备推出冰血棒，可以像棒冰一样吮吸。缴付额再小的纳税人对最终成品也有贡献，比逃税的强多了。我们的日常工作就是在创造奇迹，就像圣热内罗，只不过跟他的融血神迹相反，我们让血液凝固起来。”

每当艾莫里像这样自负地发表演说时，他体内仿佛射出一种光芒，也许不完全是博爱仁慈之光，但至少非常耀眼，通常那意味着他看到地平线上有巨额利润。

我直奔主题，说出来访目的。

“我得求你帮个忙……跟法利德有关。”

他点点头，从储藏箱里取出一包标有那混蛋名字的血袋。他拆开一支一次性针筒的包装，从袋子里抽了 50 毫升血，然后注入一个透明小瓶。

“我已经听说他的恶行。很不幸，法利德只是蚊子级，签的是临时工合约，如果他决定立刻滚蛋，我也没什么办法。”

我常常有种感觉，艾莫里不喜欢我人缘太好，因为每次我的同事离队，他似乎都很高兴。

“这跟合约无关，反正我不能再让他回来，不管什么理由。”

他喜欢用玻璃瓶里温热的生命之浆催眠自己。对他来说，这并非病态，而更像是肉欲。

“你需要什么？”

“以我们血暴组的名义维持正义，必须有血税局的准许或指令。我正在追踪一个绿林义血会的女人，结果那混蛋把她给逮捕了。我已经说服这名逃税者，安妮莎·马利萨诺，让她 15 天内还清税额。我向她做出保证，但那狗娘养的把我的承诺全都废了……”

艾莫里把那小瓶在我鼻子底下晃了晃，让我闻里面的味道。

“你让我很惊讶……你确定一切仍在掌控之中吗？难道你没嗅到有什么不对劲？”

瓶中的液体黑乎乎的，就像罗马的鹅卵石路面。我闻到一股恶臭，赶紧往后退开。

“太好了，全首都最厉害的血贩子现在就跟我老母亲一个样！”

“根本不是，我只是在测试你有多清醒。复仇需要冷血。”

你得明白，艾莫里·西拉基有种令人恐惧的气质，他那张泛黄的脸上似乎永远带着残酷的表情，从来都不消退。伊拉利奥说，“美貌只能浮于表皮，但丑陋可以深入骨髓”。他一定是受到我们老板的启发，才能吐出如此金句。不过也可能是出自他常听的情歌金曲。

我转过脸，让艾莫里看看法利德给我留下的小礼物。

“这是他的亲笔签名。他告诉伊拉利奥，他没耐心去完成晋升飞蝠级所需要的抽血次数，那太麻烦了。”

“扯淡，服从不需要耐心。服从是一件很简单的事，所以才会有这么久的历史。就拿木偶戏来说：木偶师和木偶谁更加辛苦？”

艾莫里最后嗅了嗅小瓶，然后把它扔进垃圾箱。

“他只是对权力和地位有幻觉而已。其实我并不是很惊讶，我的意思是，他是‘魅影’推荐来的。以他的历史，本来就有出现这种结局的危险。”

“魅影”是征血业务中的又一个都市传说。有人说——这类消息通常来自某人的临终遗言，或者其他无法证伪的源头——“魅影”原本是一名战犯；也有人说，他是个卑鄙的间谍，受外国政府的派遣来到意大利。反正关于他，有许多负面消息。比如有传闻说，“魅影”其实是意大利公民，根据情报机构发布的官方通告，他已在黎巴嫩死于敌方火力之下。新闻报道中曾经展示出一具焦黑的尸体作为实证。然而实际上——据艾莫里的线人说——他似乎跟外交部和其他一些机构有某种协议。

为掩护其伪装身份，内政部给他颁发了新证件，包括出国旅行用的护照和意大利居留许可证。等到他的消失有了合理解释之后，“魅影”便以普通难民或政治难民的身份再次在故土现身。

“魅影”的任务是打开新的贸易渠道，将大量生血能量棒投放到国外市场，以换取新鲜血液与血浆。他立誓效忠于进出口事业。意大利的经济需要他这类人，他不仅了解铁幕之外的危险区域，而且在巴尔干一带有眼线人脉，对新兴的中东市场也相当熟悉。西方国家对于使用欧盟以外的血液并无顾忌，只要进口量不超过一定限额——许多人认为这种限制只是象征性的。一旦超过这一额度，欧洲共同体本身的定位将受到威胁。黄种人和黑种人的血液绝不能占领欧洲大陆。

“魅影”明白，他是在玩火。为保护自己，他在交易过程中截留了相当数量的敏感文件。这些文件也许无法像他威胁的那样制造轰动，但当他决定退出时，可以给自己提供一些安全保障。

由于他的工作很重要，他也能从中获得报酬。他偶尔会向艾莫里推荐几个街头混混或者孜孜不倦的骗子，比如“嗨嚯”。他的目的是要让这些人加入血暴组。

有的人对此嗤之以鼻，认为“魅影”插手的地方太多，有些事根本与他不相干。艾莫里是其中之一。很明显，他之所以愿意吞下这颗苦涩的药丸，完全是因为有利可图。

“法利德是个垃圾，可怕的垃圾。亲爱的艾伦，在如今这个时代，忠诚不仅仅是用来出售的，你还得每天重新去谈价钱……”

“如果我把那混蛋的脑袋给你送来，你会帮我支付马利萨诺的保证金吗？”

艾莫里的眼睛里闪出冷酷的光。他站在镜子跟前注视着自己的映像。一丝丝带有金属光泽的胡须从他耳朵边一直延伸到突兀的下巴。

“哦，我同意你的说法，如果这种事得不到应有的惩罚，血暴组的名誉将受到损害。”

他嗅到了一丝交易的气味。他的眼睛仿佛闪烁的炭火。

“不单单是这样……在没有确凿犯罪证据的情况下，我们不该把人送进监狱。”

艾莫里只是耸耸肩。

“但据我所知，马利萨诺女士的血税账号已经多年没有支付，法利德只是执行了一项你主动推迟的行动。”

“毫无疑问，就像你说的，这根本就是滥用权力。随便哪个律师都能让我们陷入困境，哪怕陪审团对纳税人只有一点点同情。”

“正义终将得到伸张，艾伦。”

艾莫里回到桌边，在电脑前坐下。他大概是想算一算我要求的数额有多少。

“很不幸，这是个相当微妙的问题。这年头经济困难，我们的纳税人就像是鸽子，只要笼子稍一松动，就会从狭小的缝隙中飞走。”

我没有打断他，而是任由他喋喋不休地宣讲他的血税哲学，就好像公开展示内心独白。艾莫里左右移动鼠标，身体前倾，鼻子几乎碰到屏幕。他在反复核对数据。

我心想，不知现在高利贷的收益有多少。

最后，为了显示这是个很大的人情，他沉下脸说：“你跟我要的数额不小啊……咱们不能捅出太大的娄子。法院开过一张马利萨诺的逮捕证，是因为绿林义血会的罪名。要绕过这道坎可不太容易。那不是小数目，艾伦，我得考虑考虑。”

混蛋！做足戏码就为了拒绝。

我跳起来，打算骂一通脏话。现在的人都不愿意互相帮助。这就是真相。

“等等，有件事我要告诉你……这周六，也就是五天之后，卡塔帕诺要给他儿子受洗。”

啊哈！这就是他必须考虑的事：交易缺失的部分。

“你知道咱们已经盯他很久了。我要你给他带个口信。”

“给卡塔帕诺？什么口信？”

艾莫里就像月亮，从来只给你看一面，让你猜测那黑暗的另一面有多可怕。“咱们要收一笔债。你去参加庆贺仪式他就明白了。”

天皇后监狱

规则十一：血液由骨髓和肝脏制造，因此要注意切勿伤筋动骨，肝火过旺。

“加油！尼古拉！”

到了晚上，尼古拉把我拖去沙红花球场看他训练。说实话，他拖我去是因为黄金大厦太远，又不像博览会区那样有直达的公共交通。

我对足球有一定了解，但相对于坐在我身边兴致勃勃观看比赛的伊拉利奥来说，大概只能算略知皮毛。很简单，你只要比对手多进球就行了，不惜一切代价把球弄进门里，只是不能用手。反正我就是这么理解的，我一直认为，它是一种用脚思考的运动。

“这些小家伙真不赖。我已经许多年没来过训练场了。看，你的小朋友甩掉了阻截他的人，多漂亮。”

我伸长脖子，视线越过挤在球场围栏边的家长。尼古拉正快速朝着敌方球门奔去，他没有射门，反而稍稍停顿，做了个假动作，然后迅速转回身，几乎像是芭蕾。

“伙计……简直跟跳舞一样。这孩子的脚法真厉害。”

他的正面对手是个身材高瘦的年轻人，脚上的球鞋大概能有45码。他在禁区内毫不犹豫地铲向尼古拉。瘦高个儿截到了球，但也把尼古拉放倒在地。

“哦！犯规！”

“裁判！？这是犯规！”

我的左边传来急促的喊声。一群愤怒的家长朝着穿黑衣的裁判叫骂，那可怜的家伙张开双臂摇了摇头。

禁区里的一次恶意犯规，却没有得到任何警告，这群浑身是汗的小家伙一定感到很沮丧。看到眼前的情形，我不得不承认，在这一层面上，足球至少是了解生活的绝好途径。这跟如今乱成一团糟的超级联赛没关系。现在的联赛里只有打了折扣的热情和高清直播，而且还是非法赌博和兴奋剂丑闻的温床。这些东西不仅让伊拉利奥输掉许多钱，也搞得他非常恼火。

片刻之后，尼古拉再次在中场得球，经过一次跟队友的传切配合，他的射门偏向了右侧。

“哇，你的小家伙控球太棒了。”

他要是这样说，我相信他的判断力。当他还是罗马队的狂热球迷时，曾经在奥林匹克体育场被一名都灵德鲁吉球迷会成员刺伤，还有一次从圣保罗教堂返回的路上，在公路服务站让人划破了车胎。

瘦高个儿又紧追着尼古拉跑，但尼古拉的步伐快速紧凑，并依靠几次变向晃过了他。现在他和球门之间就只剩中后卫了，那是个身材魁梧的孩子，生气勃勃的脸上带着威胁的表情，仿佛在说，没人能从我面前通过。

尼古拉带着球舞蹈，他的头发也在风中飘舞。他连做两个假动作，敏捷而精准，然后皮球消失了。不，球仍然在，他是足球场上的哈利·波特！中后卫往后撤退，试图在慌乱中争取一点时间，但那无法阻止尼古拉势不可挡的前进。

“射门！射门！”

人群的呼喊激励着尼古拉不断向前，他用球靴敏捷地轻触皮球，时而把球展露出来，时而又把它藏到身后，欺骗防守队员。此时，前方的守门员已经站好位置。

令人惊讶的是，这一次尼古拉没有直接冲向对手。他略一停顿，他知道已经无法用假动作晃过守门员，于是抬头瞄准，用力射向右方，皮球飞快地从中后卫身边掠过，而守门员也没能把它挡住，球飞向网底，撞入横梁后方的角落里。

“进球了！这球太漂亮了！值得纪念！”

伊拉利奥跳起来，在我耳边大喊大叫。尼古拉欣喜若狂，整个团队都上前拥抱他。裁判确认黄队的孩子获胜，训练结束了，所有人握手致意。

我刚站起身，打算向他祝贺，却注意到球场上有个女人朝他跑过去。

“你是尼古拉·马列萨诺吗？”

他没有回答，只是惊讶地看着她，不知该怎么办。他动了动嘴唇，含含糊糊地说了个“对”，目光却在看台上搜寻我。我赶紧奔下去与他会合。

“我已经找了你三天，你家里没人。你去哪儿了？”

那女人 40 岁左右，相貌丑陋，长了个大鼻子，头发像老妇人一样梳到脑后。她不顾尼古拉的反抗，抓着他的胳膊往出口方向拖。

“嘿！等一下……干吗呢？你是什么人？”

我从远处喊道。那女人对着我皱起眉头，好像我侮辱了她似的。

“我是社会服务部的，正在执行公务。我得把尼古拉·马列萨诺带走，交给能够照顾他的人，因为他母亲在监、监、监狱里。”

我的脸色变得煞白。她不仅长得丑，而且一旦事情变得有点复杂，就开始结巴。

“你瞧，尼古拉和我住一起，没必要带他去孤儿院。”

她磕磕绊绊地嘲笑我：“什么孤、孤儿院？尼古拉会被分配给一个寄养家庭。抱歉，你、你是谁？你、你、你是他亲戚？”

“我吗？不，我不是亲戚。我叫艾伦·寇斯塔。征血处的。”

“所以呢？你、你要怎么证明自己有权照、照顾尼古拉？”

我得即兴发挥一下，但不能太过头。我有自己的理由。“我？……当然有。他母亲欠血税局的债由我负责。”

那女人恼怒地摇摇头，仿佛在说……“哦，那可不行。”

“什么意思？你要把他当作人质，如果他母亲违法，就从他身上抽血？”

尼古拉好一会儿才明白过来，然后他的脸也变白了。他瞪大眼睛，像一只惊恐的小狗。

“人质？胡扯！你问问他看，我有没有虐待他。”

那孩子吓坏了，看看我，又看看她，搞不懂究竟怎么回事。

他不明白是谁藏起了油锅，谁藏起了火。

“这是绑、绑、绑架，你知道吗？我可以向政府举报，你非法拘禁未成年人。”

“听我说……赶紧收手吧。”

我用力把尼古拉拽到身边。

“你干什么？也许是我没把情况解释清楚。”

她愤怒地从包里掏出一张纸在我面前挥舞。

“我有社会服务部签署的授权书，无论尼古拉在哪儿，都可以把他带走。”

尼古拉放开我，往后退了一步。

“什么，你要打文件战？好！我有血税局颁发的强制令。怎么样？”

“什么怎么样……你这是妨碍司法。”

我再次抓住尼古拉的衣领。

“是你妨碍了我。快走吧，不然我就不客气了。”

她张大嘴，终于不再结结巴巴地唠叨。我意图在荣耀的光辉中结束这场对抗。

“差点忘了……”

我从制服夹层里掏出一张名片，塞进她上衣口袋。

“这是我的地址。如果你觉得有必要，非常欢迎来查看我和尼古拉，看看我俩有多快乐。也许你来时可以穿上短裙和高跟鞋，我不知道，但那样会显得漂亮许多。”

她惊讶地眨了眨眼，自下而上打量着自己的腿脚。她尴尬地涨红了脸，我们趁她还来不及思考如何反击便赶紧溜走了。

我用一条胳膊搂住那孩子，他对整件事仍有点不安。

“攻击对手的软肋。你打进横梁下面那个球给了我启发。”

尼古拉没说话。我不确定他是否理解我的夸奖。

“怎么了？为什么不说话？”

“我妈违法的事是真的吗？假如安妮莎不交税，我就得交？”

我不想说谎，但也不想吓到他。

“是真的，但我会确保不至于走到这一步。”

所以我俩之间有了承诺。自从瑟希莉亚以来，我从没让自己陷入过这样的麻烦。伊拉利奥一直四仰八叉地坐在观众席上看着这一幕。他摇了摇头，一副哭笑不得的样子，仿佛有一种优越感。

第二天一早，我顾不上是否恰当，抱着一束鲜花来到天皇后监狱的大门口。就个人而言，我从来没有为别人做过这种事。反正瑟希莉亚也不太在意，她更喜欢烹饪用的南瓜花。

我承认这或许有点奇怪，但以我的拙见，花朵应该扎根在土壤里。不过我也明白什么时候需要破例。

大门打开了，有人在窃笑，有人在低语。我就知道这是个错误的举动。人们困惑不是因为那束花，而是因为我的出现。猩红色制服的血暴组成员在此现身，其效果类似于天空中盘旋着秃鹫的影子。

狱警们变得紧张起来。以税额评估为由，访问时限是15分钟，从12点30分至12点45分。

他们让我把花束交给女囚室的狱警，那是个身材魁梧的女子，她使劲嗅了嗅花朵，就像是吸可卡因。她暧昧地看着我，让我脱下裤子强制搜身。

“别这么看着我，小子。这是我的规矩。我先进去，然后你再进去……”

她甚至发出一阵粗鄙的笑声。

等到把我身上的孔都戳了个遍，那女警脱下手套，踩着轻快的步伐把我带到访客区。她朝我挤了挤眼，礼貌地打开门，递给我一把椅子，然后再次挤了挤眼，说了声“再见”。

“以她现在的状态……只能祝你玩得愉快。”

玻璃隔板另一边没有人。我等了足足两分钟，正准备起身离开时，布伦希尔德疲惫的身影出现在对面的一扇小门里。

她头发松散，体内似乎已经没有一丝力气。

从近处看，她与从前的布伦希尔德相去甚远。这大概是天皇后监狱强加给她的变化。

“安妮莎让我告诉你，她跟你没什么可说的。”

她嘴里吐出的句子跟先前一样充满憎恨与傲慢。可惜她脸上阵阵痉挛，甚至还有点斗鸡眼。也许她本来就有斗鸡眼，不过我不是很感兴趣。

“你告诉她，我来这儿不是为了她，而是为尼古拉。”

听到这番话，布伦希尔德带着厌恶的表情退回牢房里。又过了片刻，门再次打开，这回是安妮莎，吃力地倚在助步器上。她的脸显得很长，眼睛下面有浮肿的眼袋，那模样就像是刚刚被挖掘出来的千年古尸。她的皮肤呈现出灰烬的颜色，气色似乎比入狱时差了许多。

“又是你？”

她试图摆出轻蔑冷淡的笑容，然而酒窝却让效果打了折扣，反而显得有点可爱。

她对我的冷漠和厌恶没有改变，那双超常明亮的眼睛如同匕首一般将我刺穿。她就像个黑洞，环绕着诱人的光晕，虽然危险，却持续不断地散发出强烈的吸引力。

“你一无是处。首先，当你应该抽我的血时，你没有抽，然后，你本来有机会阻止那个针筒狂人，但你也没有，结果他用一个荒谬而毫无依据的指控把我送进了这里……非法捐血！”

面对她的攻击，我只能逆来顺受。自从入狱以来，她一直受到强制抽血，但她依然气血上涌，对我施以不公正的指责。

“你说谢谢的方式真可爱……你难道没意识到是我为你堵住了大坝吗？”

“你在说什么鬼话？白痴！没看到我现在的状态吗？还扯什么堵住大坝？”

她愤怒地用拳头捶打桌子，显得十分美丽。在这里，安妮莎每天都被捆得像个木乃伊，镇静剂的作用使她神志恍惚，还不时因插入血管的针头而痛醒。她需要一个可以信任的人。你知道我说的是谁。

“尼古拉说他爱你。”

我看到她脸上的变化。她对我感到厌恶。更糟的是，安妮莎沮丧地低下头，看着自己身上插着的导管和点滴器。她无力地叹了口气，仿佛只要能摆脱体外的循环装置、摆脱那一堆掠夺她血液的塑料和金属，就可以威胁到我似的。

“你没有……别告诉我，你胆敢用他的血补足差额。”

她那扭曲的嘴唇间发出低吼，三天的医疗监禁使得她的恨意越来越浓。

“我没碰他，他好得很。我把他带到家里一起住，在黄金大厦。我每天去学校门口接他，我们还把露西送回家。晚上我们看科幻电影，你知道那是他最喜欢的类型吗？有时候，我们会玩一会儿游戏机，周三下午我带他去沙红花体育场参加足球训练。”

现在轮到安妮莎低下头了。我把这几天我俩做的事一一列举，她的下巴都快掉下来了，脸上掠过惊讶和愉快的表情。我能看出她在听我的每一句话，仿佛干涸的植物吸入水分。她的表情变了，意识到我是她唯一的出路，也是再次见到尼古拉的唯一希望。

“你做这些是为了什么？这跟你有什么关系？”

我叹了口气，挺直身子，甩掉一切顾虑。理论上讲，这确实与我无关，但我决定管一管。

“安妮莎，想一想，你认识的人里，没有一个可以收留他的……”

我稍稍停顿，让她意识到我有做功课，然后继续说下去。

“你认识的人都跟绿林义血会有关。说得客气一点，尼古拉并不是特别喜欢他们。”

她垂下眼睛，不再那么气势汹汹。她用手指摸了摸脖子上的伤口，那里连着一条点滴管。就在骨髓制造血液的同时，她颈静脉里的血被一点一滴地抽走。

她感到很内疚，仿佛刚刚才记起来如何做个好母亲。

“嗯，谢谢你……好像是第二次了。”她只需要一点点哄诱。

“这孩子太棒了。你该看看他踢球，冠军的料。我觉得他有把球捅进网窝的天赋。”

我的措辞令她露出淡淡的笑容。这次探视开始变得有意义起来。我引起了她的注意。

不幸的是，对她而言，我带来的不全是好消息。“听着，有件事你得知道。昨天我们在足球场训练时，有个社会服务部的女人来找尼古拉。她有一张盖章签字的手令，其中的内容布满陷阱。这回我设法阻止了她，但我相信她一定还会再次出手。如果她找个借口带走尼古拉，那下回只要她乐意，就有权再把他带走。一旦你被判定不适合抚养孩子，就没法把儿子要回来了。”

“什么时候会出现这种情况？”

我喜欢安妮莎的原因之一就是因为她成熟，反应不像那些新手妈妈。她不会哼哼唧唧地哀求别人帮忙。跟她相处的每一刻都是一种挑战。而且现在时间对我们不利。

“我完全无法预知。也许社会服务部的行动并不如他们说的那么高效。我不知道下次还能不能以血税局的名义阻拦她。反正我有个计划，把你从这儿弄出去。”

她的嘴角耷拉下来。除了失血，安妮莎开始以眼泪的形式大量流失水分。她抬起一只瘦骨嶙峋的手，按在分隔我俩的玻璃板上。我也学她的样，我们的手掌互相抵住。那玻璃仿佛消失了，没有任何东西将我和她隔开。隔着玻璃板，我似乎能感觉到她的体温，比 35 摄氏度略高一点。尽管如此，安妮莎体内有一团燃烧的火焰，也许只有先将其驯服才能够欣赏。

我们的目光长久地互相锁定，她的瞳孔细如针头。我知道，这是一种职业怪癖，但此刻环境不同。她也许是外表可人，内心致命，但我担心自己已经变得跟她完全相反。这就是我俩之间的现状。

我们放下无法触碰的手。

如果你早几年问我想要什么样的生活，我想都不用想就能自信地回答：堆积成山的钱，一栋位于齐尔切奥的豪宅，再加上数量恰到好处的女人轮流做伴。随着时间的推移，我的潜力逐渐缩减，志气也随之消退。是的，我可以毫无羞耻地承认这一点。我的期望虽然有所降低，却变得更加强烈。

这一次，在关键时刻打岔的不是法利德，而是那胖狱警，她一直在窥视天皇后监狱围墙内可能涌现的浪漫高潮。

玻璃上留下两个手掌印，安妮莎的很快就消失了，我的则一直保留着，仿佛一块油渍。

有些场景会一直伴随着你，仿佛一团腐烂的希望，随着血液循环流遍全身，对每一个器官造成损伤。你的耳朵听不到，眼睛看不见，也没有其他人能让你产生兴趣。

很不幸，这说明你恋爱了。

燃烧的血液

规则十二：为保证制造生血能量棒的需求，血液供应必须永不停歇。

现在是凌晨 4 点 15 分，人最脆弱的时刻。此时，假如你是失眠症患者或者心中焦躁不安，就只能躺在床上瞪着天花板发呆，或者永无休止地辗转反侧。如果你非常疲惫，最终也会在这个时间入眠，哪怕只能再睡一两个小时。此刻，你很疲倦，但更多的是脆弱。

黄金大厦的夜晚潮湿闷热。我刚把天山中餐馆打包的宫保鸡丁消化掉，就被一阵震动吵醒了。那是艾莫里的视频信息，响亮而清晰。

“呼叫所有单位，重复，呼叫所有单位。普雷涅斯提纳车站出现紧急状况。一列载有生血能量棒的货车在由帕隆巴拉萨比纳驶往圭多尼亚途中遭到纵火攻击。我们怀疑是绿林义血会干的。最高优先级。抢救货物，我再重复一遍，抢救货物。”

我让尼古拉在卧室里继续睡觉，自己穿上红制服出发了。

*

我沿着公园大道行驶，经过卡萨尔贝尔托内社区时，听到远处传来盟友的警笛声。不久，我就与伊拉利奥那辆破破烂烂的税警车会合了。伊拉利奥和车辆保养是誓不两立的死敌。艾莫里把车租给我们，伊拉利奥总是把它开到不能再动为止，然后向艾莫里再要一辆。

他把车开到我的右侧齐头并进。他正在用蹩脚的英语糟蹋甲壳虫乐队的《嘿，朱迪》，然后他忽然打开车窗喊道：“哦……我昨晚一宿没睡！”

“太好了，因为这次出勤会让我们一直忙活到早上。不过反正也快到了。”

距离卡塔帕诺儿子的受洗礼只剩两天了。那是个值得期待的日子，到时候，我们终于可以把针头扎进头号诈骗犯肉乎乎的胳膊里。我和伊拉利奥已经做好一切准备，希望能留下一个值得纪念的印记。我们作为血暴组成员的声誉在此一举。我们打算以贵宾的身份在逃税世家的小型聚会中风光登场。

贡熙姐也会去。她也收到了托瓦亚尼卡海滩庆典的邀请信；具体位置是绝密信息，别墅的地址要等到聚会开始前三小时才会通过短信发出，以达到惊喜的效果。不管怎样，她以陪客的身份，可以进入许多此类私人场所。谁知道她的同行会有多少人出现在现场……不过话说回来，业务第一，娱乐第二。

血暴组各分队在通往普雷涅斯提纳车站的干道上会合，仿佛白细胞争相抵御感染的蔓延。火焰产生的烟柱和气味引起市民的恐慌与担忧，据目击者报告，3 点 42 分的那趟货车即将燃烧着驶过车站。

北罗马分队已在车站门前的区域等候。“维京人”“小不点”和“狮心王”。“狮心王”，哈！安德烈 · 斯帕文塔是血暴组最大的讽刺，他是唯一一个第一次抽血就晕倒的成员。西罗马分队的“短一截”“嗨嚯”和“魔法师奥克”穿过围栏，准备抄近道进入铁轨区域。

又有更多警笛声逐渐接近，只是少了东罗马分队，他们通常都会晚一拍。中罗马分队也没到。

南罗马分队的代表只有我和伊拉利奥，我俩首先查了一下火车的距离和通过时间。我的同事抓起扩音器，开始大声发号施令。

“快，伙计们！动作快一点……还有六分钟。幸好它晚点了。就像弗雷迪说的，‘又一个家伙掉了队’。[①]”

几乎所有人都听明白了，只有“魔术师奥克”直愣愣地瞪着“嗨嚯”，而“嗨嚯”比他更加摸不着头脑。这名华裔血暴组成员在档案里的名字叫李安伍，但从没人这么称呼他。有一天早晨，他们看到他在厕所里扎着头带练习太极。“短一截”是个粗人，于是就给他取了这样一个没品位的绰号，并开始像小丑一样模仿他那古老、庄重而精准的招式。

北罗马和西罗马分队正着手拆卸第一条铁轨上的螺丝。马基奥与皮诺·古德曼分别是东罗马和中罗马分队的首领，他们到达后，立即开始拆另一条平行的轨道。我和伊拉利奥一起协调整个行动，我们经常需要停下来驱赶路过的夜猫子，而那些开车的人也总是减慢速度，甚至停下来看我们在做什么。

“注意了，伙计们！还有五分钟。”

4 点 32 分，第一批螺丝被卸了下来。“维京人”负责拧松，然后由“小不点”和“狮心王”把它们旋出来。铁道另一侧，“懒骨头”一边使劲，一边骂骂咧咧。他一生中从没这么卖力地干过活。加入血暴组的时候他可没想到需要在半夜里起来拆铁轨。他的绰

① 出自皇后乐队的歌词，弗雷迪·默丘里为乐队主唱。

号与性格十分契合，不知道马基奥是怎么说服他晚上出来的。

等到铁轨被移除之后，所有团队沿着两侧的斜坡一字排开，把一块块重达 20 公斤的混凝土递送至铁轨原先的位置，参差不齐地碓垒起来。

“快！还剩不到一分钟。”

汽笛声撕裂了夜晚的空气，从赛伦尼西马大街方向，一道明亮的光线向我们逐渐接近。火车头黑乎乎的，但它周围有一圈两米高的火焰在夜色中舞动。

我们在距离陷阱两百米开外等着列车。

“啮齿二号”很不安。

“你确定它不会撞到咱们吧？”

“闭嘴，啮齿。你会给大家带来厄运。”

我避开他的视线，扭头望向逐渐靠近的火车。如果一直看着他，我会感觉他真有可能带来厄运。

“啮齿”以善于预测灾难而闻名。将近五年前，他和哥哥出了车祸，然后在医院里参加抽血博彩。他相信车祸是一个征兆。他相信他们这次切换车道也改变了命运的轨迹。

好吧，你可以猜得到，他哥哥中了血彩。300 万欧元，一笔不错的收入。从此以后，基里亚诺 · 孔蒂就一直耿耿于怀，灵魂始终无法安宁。只要想到这件事，我就会起鸡皮疙瘩。那甚至不是因为钱，而是因为血液博彩在医院和疗养院的重要性。有传言说，病人都非常害怕因为病危在床而错过开奖结果，因此，他们甚至游说卫生部门在手术室里安装电子屏。

规则是这样的：所有参与者按照血型（如果你的血型被抽中，可以得到安慰奖）和血液特征（决定最终的大奖）分组。如果你输了就作罢，如果你赢了，则必须在一个月内证明自己的血液成分与抽中的类型完全匹配。这就是为什么病人总是担心在住院期间中奖，为什么住院会让获奖的幸运儿如此焦虑。探病者经常充当线人，根据血液和造血器官的状态，帮助制定最佳策略。

上周是什么样的血中奖？

某个特定“类型”已经有多久没被抽中？

在一段时间内多次抽取少量的血，还是一次性大量抽取比较好？

一条参考数据：输血世界纪录是由法国人雷蒙德·布里兹保持的，他分 459 次捐了 125 升血。

这还不算完。更精明的参与者会像赌徒一样善用统计数据。他们记下其他病房的抽取序列，由此计算下次抽奖的获胜概率。有的人甚至不惜违反法律，针对每周的抽血额组织非法投注。

总之，每个人都急着抽血，相信赢奖能改变人生。无论男女老幼，所有病人都一样。希望是一种狡诈的病毒，会渗入每一个毛孔，污染每一条血管。在为博彩而抽血之后，病人的血压常常会危险地升高，死亡率也随之上升，但很难说这是因为兴奋，还是因为确信中奖无望。

听起来也许令人难以置信……但一些连抽10毫升血都困难的人会为了血彩而一次抽取100毫升。他们越是穷，从自己身上抽的血就越多，以他们的沉迷度而言，这点血根本算不了什么。

至于那些坚定地选择对真相视而不见的护士，艾莫里每个月都会送她们一批生血能量棒，这同时也是一种激励，以确保在殡仪馆员工抵达之前，他能预先接到电话通知。按照护士们的说法，病人心中存有很高的期望，这促使他们付出更多，结果却一无所获。他们迫不及待地盼望着下一次无偿送出血液的机会，并执着地与观念相左者进行讨论，甚至激烈争辩……这似乎很可悲，但你就从没想过要碰碰运气，期待一份从天而降的意外收获？我打赌你想过。

很显然，“龇齿一号”把血暴组的工作让给了弟弟。为表达对幸运女神的感谢，他还替一家破旧的诊所重新装修了一整栋侧楼。如今，他在圣尤金医院经营血液博彩。

“大家准备好！”

绿林义血会没料到我们这招。让一列燃烧的货车在永恒之城中奔驰当然很令人震惊，是个绝妙的主意，肯定会给睡意朦胧的人群留下深刻的印象。然而伊拉利奥的反击有一股邪魅之气。这小子表现出了勇气和一定的品位。就像艾莫里常说的，“只有魔鬼才知道上帝的私人住址”。

灭火器的阀门同时打开，“维京人”将水管牢牢地夹在胳膊底下。

货车冲过由石块和混凝土构成的路障，仿佛它根本不存在似的。路障仅让列车稍稍偏斜，一开始几乎难以察觉，但由于缺少铁轨的引导，它很快就向一侧倾斜，撞到路堤上。

我们蹲伏于安全的藏身处，眼看着恐怖的火焰在数秒内扑向中间的车厢，空气中弥漫着血液燃烧的气味，金属板在冲击之下撕裂，发出刺耳的尖啸声。

透过车窗，我看到司机在一名绿林义血会成员的威胁下痛苦地朝我露出恐惧的表情，然后两人都消失在车厢里，以寻求安全的庇护。

50 米。众人紧挨着围栏，“沼泽鸟”跳上高压电塔，然后爬到售票亭顶上，准备居高临下朝着火车喷射消防水枪。后面的车厢里跳出几个身影，融入黑暗之中，多半是绿林义血会成员，意图逃往安全地带。

伊拉利奥注意到我像白痴一样站在原地呆呆地看着，于是他开始向周围的人发号施令，而我只需负责监督他。

"'短一截'！这些家伙都归你了……把他们抓回来！"

列车缓缓地从我们身边滑过，火星疯狂飞溅，四周的浓烟让人睁不开眼，很快便掩盖了夜空，我们被熏得泪水直流。到处是歇斯底里的狗吠，我希望没人留意，否则整个小区都会走上街头抗议。

随着火车在碎石地表剐蹭，消防水管中喷出的水柱冲淋到车厢上。嘈杂刺耳的声响毫无减弱的迹象，直到火车头撞上隔离墙，然后，唯一的噪声只剩下背景中火焰的噼啪作响。

列车终于静止下来，靠在土堤旁，犹如搁浅的金属鲸鱼，那场景就像是出自探索频道的纪录片。不过说实话，纪录片的镜头还是比这悲惨得多。

"好！再多喷点水……第一节车厢的火快要灭了。"

两三分钟过后，专业消防员到了。好吧，我说的专业消防员……那两个家伙的防火服上贴满口袋和反光条，他们从消防车里钻出来，尽可能和善地跟我们打招呼。

"这他妈怎么回事？你们在搞什么鬼……？"

消防员戴着头盔，提着水枪朝我们走来。

我让伊拉利奥去对付他们，然后趁着片刻的宁静抬头观看罗马城的色彩：一片浓郁的金色黎明。

"假如交给你们处理，这火车现在会在哪儿？"

其中一人惊愕地摘下头盔。到处是钢铁和燃烧的血液，面对一片狼藉的现场，他无法理解。他挠了挠头，虽然我觉得他并没有跟我相同的疑问，但得出的结论与我一致。

“搞得这么乱七八糟！……就为了几条维他命棒？”

一缕缕黑烟从车身上升起，飘向天空。附近公寓楼里的人们一边喝着清晨的咖啡，一边注视着窗外，观赏事故现场。好吧，理论上来说，这不算是事故，我的意思是，那是我们造成的，然而这奇观的确令人叹为观止，而且免费。

明亮的黎明迅速降临到永恒之城上空，并伴随着浓郁的水汽、废气和令人窒息的烟雾。

“我们只是履行职责而已。”

戴头盔的家伙皱起眉头，即便这不是对他工作的直接侮辱，也相差不远了。“你说说，是谁想出来这种‘受控脱轨’的好主意？”

血暴组成员全都扭头看着我。伊拉利奥在碎石地上跺了跺脚，以引起大家的注意。“是我的主意。我牺牲了列车，保住一部分货物。”

“没错，你说得对。你们保住了自己的利益。但谁来为损坏的物资买单？”

“货物是有保险的。你以为在跟谁说话呢？哦，也许你没搞明白，这是我们的货物，所以别再给我们添堵，不然我没法对手下的行为负责……”

伊拉利奥转身继续指挥抢救行动。

在列车中段大约二分之一处，马基奥挥舞着双臂，朝我们喊了一声。“蛋头”和“懒骨头”已经站在车尾。

“从这儿开始都没问题。至少 4 节车厢状态良好，火没烧那么远。”

消防员难以置信地摇了摇头。我现在只需要评估一下损失就行了。伊拉利奥朝我走来，他有点惊讶，因为我刚才没给他撑腰。“你怎么了，伙计？在想什么呢？”

“我很累，好几天没睡觉，有点撑不住。”

他注意到我一直远离混乱场面。这不像是我。通常情况下都是我领头忙里忙外，他只是跟在后面帮忙。这一次，我让他自己去处理烫手的山芋。这对他有好处，有助于学习如何面对压力。说实话，我并不是想报复上次跟法利德对峙时的事，但我觉得不该去干涉一项从一开始就错误百出的抢救任务。

此刻燃烧的甚至不是血，而是生血能量棒，这其中差别可不小。

“短一截”“嗨嚯”和“魔法师奥克”拽着一个家伙的衬衫领口朝我们走来。他们轮流踢那人的屁股取乐。“该把他交给谁呢？咱们只要稍加盘问，他就会源源不断地吐出关于绿林义血会的情报……”

马基奥踩着义肢摇摇摆摆地向我们跑来。

“他是我的，是我们的。留给我和艾伦吧。”

他拍了拍我的后背，露出会心的笑容。如果换成其他人脸上带着这种自鸣得意的表情，我会很警惕，但“角斗士”毕竟是“角斗士”，跟其他混蛋不一样。“你记得吗，在前线时，咱们曾经让多少小鸟儿开口唱歌来着？”

他是真正的专家，我只是扮个红脸。到最后，我总是让他很恼火，因为我会失去耐心，我俩不得不交换角色。不过“角斗士”说得没错，在加入血暴组之前，从喉咙里抽取情报是我们擅长的事之一。

我们把俘虏塞进税警车的后备厢，然后去做收尾工作。一个半小时后，清点结果出来了：332 箱被烧毁，215 箱完好无损。

我给艾莫里打电话，告诉他这个好消息。伊拉利奥似乎有点不高兴，耷拉着嘴角，像只失望的小狗崽，仿佛我偷了他的骨头。

“好，你去给老地精打电话。处理完今天的事，你完全有这个资格。”艾莫里不可能责怪我。

血与泪

规则十三：血浓于水。

我们停下来吃早餐的地方甚至不是为夜猫子准备的，而是服务于失眠症患者和我这种早起的鸟儿。入口处挂着一块典型的英式木制雕花招牌，上面有独角兽和米字旗。到了店里，马基奥看了一眼墙上粉笔写的菜单，然后在一条凳子上落座。绿林义血会的俘虏皮耶罗·萨维利紧跟着他走进去，而我负责押后。

“什么，你真要吃这种东西？”

“角斗士”看起来闷闷不乐。我假装饿坏了，让他在此处停车。

“谁，我吗？当然……反正吃进肚子里，所有东西都混到一起。”

这家酒吧的顾客主要是英国人、斯堪的纳维亚人，以及类似的其他欧洲北部人。他们提供极佳的苦啤（不是淡啤），菜单仅限于盎格鲁－撒克逊系食物，所以这里意大利人不多。早餐只有香肠土豆泥或者芝士烤土豆，午餐只有酸咸味 / 洋葱味薯片、培根三明治、烘豆子。这些东西把许多罗马人挡在了门外。

在马基奥厌恶的注视下，我点了一份英式全餐，包括两个煎鸡蛋、三片松脆培根、一个烤西红柿、一堆蘑菇、一勺烘豆子。马基奥只要了一块普通的烤面包外加草莓酱。

啤酒上来之后，我俩审视着俘虏。

“好了，皮耶罗，开始交代吧，我们都听着呢……”

“你们想知道什么？”

我狼吞虎咽地吃起了早餐。马基奥假装要反手扇他一巴掌。“说说你的那些朋友。你们在哪儿集会？”

我和马基奥需要润润嗓子，而皮耶罗则在拖延时间。他啜了一口啤酒，茫然地看着墙壁。墙上的显示屏正播放着两个不同的频道。其中一块屏幕里，身穿银色防护服的技术人员正在检查普雷涅斯提纳车站附近的区域。那列火车几乎完全包裹在灰色塑料膜里。铁路公司的官方发言人长着一张长长的马脸，半睡半醒地做出保证：

“服务不会中断，列车线路将在夜晚之前恢复正常。”

另一块屏幕上正播放英超比赛，这在意大利甲级联赛休赛期间吸引了不少观众。切尔西队踢进托特纳姆队一个点球，比分扩大到二比零，皮耶罗从座椅上跳了起来。

“好球！我在切尔西桥住过一年，我这双手炸过无数薯条，到现在还有疤。”他给我们看覆满红色疤痕的手背。

“好吧，声援全世界的炸薯条者。你现在可以交代了，不然我们就把这些伤疤变成淤青色的针孔。”

“怎么知道你们不会把我交给警察？”

按照原定计划，由我扮红脸。我不想夸大其词，但可以这么说，我的血液里有循环流转的表演天赋。

“所以，皮耶罗，你以为我们是谁？如果你说实话，我们不会怎么样。逃避直接导致入狱，真相换来自由。这就是我们的信条。”

“那假定我相信你吧。我们通常在废弃的佩罗尼酿酒厂聚会，雨伞大街，罗马－菲乌米奇诺高架桥下面。”

“聚会时间？”

背景音乐很棒，全都是英伦流行音乐和独立音乐。比如模糊乐队、臭鼬安纳西乐队、石玫瑰乐队、电台司令、莫奇葩乐队等。此刻播放的，是聊聊乐队早期的《生活由你创造》。

“只在白天，10 点到 18 点之间，免得引起邻居怀疑。在厂区内部，我们不用电灯。”

“所以现在那里没有人？”

皮耶罗喝下半杯啤酒，用手背抹了抹嘴。

“对，现在应该没人，但厂区一直是封闭的，你没法进去。整片区域被查封已经许多年了，没人照看，越来越破败。”

“那你们的人怎么进去？”

“如果你们不介意，我要先尿个尿……”

“我们介意。我们跟你一起去。”

我们仨同时站起身，就像一排木偶。不过一杯苦啤下去，我们反正都要去厕所。男厕所的每个小便器里都嵌着撒切尔夫人的照片，在大量尿酸的侵蚀下，铁娘子显得锈迹斑斑。

“我们从地下钻进去，通过下水道，从来没人看见。”

厕所里没有洗手液，只有一块戴安娜肥皂。真是个展示政见的好地方……我喜欢。肚子填饱，膀胱放空之后，我们回到税警车里，朝着罗马的西南城区驶去。

*

“说真的，这次对火车的攻击有点蹩脚。你不觉得吗，艾伦？”

我和马基奥、皮耶罗一起钻进一个标有绿林义血会符纹的下水道入口。这里光线不太足，在地下穿行的过程中，我们只能靠着几缕阳光照亮脚下。

永恒之城的下水道不同于其他城市。它们拥有考古和历史价值。我的意思是，尽管这里到处是浑浊的积水，排空的水渠泛出阵阵恶臭，却有着难以估量的艺术价值。下水道墙壁上嵌着瓦罐的碎片以及基督教诞生之前的马赛克遗迹，那曾经是宗教成员秘密集会与接纳新信徒的神秘场所。有些被遗忘的信仰从来不曾发展到建造神庙的阶段，甚至都没有正式的祭坛。

也许绿林义血会想要让自己看起来像是某种有分量的邪教，毕竟在常人看来，他们只会搞些怂恿撺掇的伎俩，是最低等的血税逃避者。我感觉哪里不太对劲，跟“角斗士”聊一聊或许有帮助。

“对，很蹩脚。我的意思是，那只是一批生血能量棒而已。你明白吗？反正我不明白……我以为我们这么做是出于正义。我以为我们必须阻止绿林义血会。但你知道吗？回头想一想，他们逃税并不是把血留给自己，恰恰相反，他们把血重新输入别人体内。”

我不想告诉马基奥在潘菲利别墅看到的场景。我要是告诉他我看见许多人在地上打滚，仿佛是集体嗜血高潮，鬼知道他会怎么想。说到底，我才不管别人的想法。但马基奥不是别人。我和他是战友，我们被送回来后，还曾经共享食物和医院的病床。不过有些事我宁愿留给自己来操心。

“你最近好像很忧郁，艾伦。我感觉那个安妮莎让你太投入，太较真了。”

“角斗士”没有展开这一话题，也许他有自己的烦恼。我抖落牛仔裤上的一些污垢。

“不知道，我现在对什么都不太有把握。大概干这份工作时间久了，你最终会产生某种本能，不管运气是要转好还是转坏，都能感觉到预警。”

我意识到自己说得很含糊，有点避重就轻。马基奥伸出胳膊搂住我的肩膀。他也许是想让我振作起来，也许只是想借一把力，以便在下水道里走得更轻松。

“我告诉过你，我是怎么遇到莎拉的吗？”

“咱们疗伤的时候，你提到过……”

“不，那时候我还不认识她。我后来才遇到她，从中东回来之后。”

我不知道为什么“角斗士”对血原公司的话题有所保留，却向我吐露这件更私人的事。皮耶罗跟在我们身后数步之遥，一言不发，因此我们都在听“角斗士”说话。

“你还记得贫铀弹吧？”

“说得好像我会忘记一样。艾莫里给我洗了两遍血。”

尽管从军事上讲，最危险的时刻已经过去，但沙漠的空气中仍残留着大量对心血管有害的放射性物质。虽然含量不高，但我们的呼吸系统里有残存的贫铀穿甲弹微粒，它们会由此渗入造血器官，逐渐破坏制造红细胞、白细胞和血小板的骨髓。我们的血在产出的那一刻就已受到污染。

面对交火，伏击和地雷，我们存活下来，但血液功能遭到极大损害，几乎无法逆转。唯一的办法是彻底换血。为了确保效果，还得换两次。

“你有没有想过，那是谁的血？”

“人工合成的 0 号人造血。”

“这是第一袋，我是说后面输的那些。”

我没有说话。我从没想过那么多，从没想到要去追溯我们执行军事任务期间那些捐血者的身份。

我们继续走了两百米，一路小心翼翼，以防掉进更深的水潭里。皮耶罗的电筒射向头顶上方三米处的一个井口。我们帮他把顶盖推到一边，然后进入了佩罗尼酿酒厂。

我帮了一把“角斗士”，因为他的腿不方便。

“你知道我发现什么了？我输的所有血都来自同一个捐献者，一个女人。由于隐私保护法，理论上你无法找出答案，但我坚持不懈，我必须找到她。这就像是查找是谁给了你第二次生命……”

旧厂区从外面看也许是一堆生锈腐败的金属废墟，里面却很干净。绿色油毡地板上矗立着各种各样机器。从铭牌来看，它们是十年前生产的。

啤酒冷藏系统仍在运作：用于冷冻血液和血浆。两侧各有两个四米长的容器，标识牌表明它们原本属于竞争对手莫雷蒂公司，后来又被卖给了越南的西贡啤酒。绿林义血会多半是从破产拍卖会上买来的。

对面的墙边堆着两摞塑料箱，箱子里装满了用佩罗尼商标伪装的 660 毫升玻璃瓶，显然是可供分发的血液和血浆。

高架桥上的车流震耳欲聋，马基奥不得不提高嗓门，几乎需要大声喊叫才能让我们听到。

“我在博尔盖塞别墅的湖边与莎拉见面。一开始，我只想见见她，感谢她的慷慨捐献。然而遇见她后，我忍不住掉下眼泪……那姑娘一年捐了 6 升血，她是唯一跟我血型匹配的人。AB 型阴性的人不多。我知道这听起来很矫情，过于多愁善感，但事实就是如此。当时，艾莫里刚刚让我加入血暴组，我还没收到政府给的义肢，是个坐轮椅的残废。她是一名匿名献血者。我可以猜到你们怎么想，我知道这听起来很可悲……总之，长话短说，八个月后，我俩结婚了。所以，即使你为了安妮莎有点失去理智，其实也并不奇怪。甚至还有一句老话：血浓于水。”

“我没失去理智。她也没给过我什么。只是一切都变得有点复杂，而且还越来越麻烦。我的意思是，假如法利德那混蛋没有把她送进监狱，假如她儿子尼古拉不是个孤独无助的孩子，假如社会服务部没有威胁要把他俩永远分开……最重要的是，假如我没感觉对整件事负有责任……情况就还不至于那么糟。”

“别操心了，艾伦。”

“首先，我得先逮到卡塔帕诺，然后是法利德。这是说服艾莫里帮我保释安妮莎的唯一办法。”

“那好，祝你好运。现在，咱们来看看这帮人有什么计划。哦，皮耶罗，请带我们完整地参观一下，假如你愿意。”

皮耶罗依照他的指示，真的从头开始讲解。

“古希腊人认为，血液是宇宙秩序的代表，是人体中反映自然平衡的四种体液之一，太多太少都会导致疾病或精神错乱。基督教赋予血液以灵性，将生灵的品性归因于流转的鲜血，比如人类的高尚、绵阳的善良、公牛的狂暴。直到 19 世纪，医学才从体液理论过渡到细菌学。然而，除了实用性之外，血液依然是一种近乎神秘的物质。苏联人将其视为集体主义的表达；邪恶变态的纳粹利用它为种族净化辩护。美国人不拘泥于它的神秘与高贵，而是以经济需求为根本，把血液变成了一种商业资源。在地球的另一边，血从人体里被抽出，经过分离、冷冻、包装、销售，再注射到另一个人体内，或者变成另一种形态。”

老天！这门生意比我想象中更严肃。

“好了，皮耶罗，我们用不着历史课，说说绿林义血会吧。”

我们的向导解释了意大利红十字会如何因一次次资源削减而瓦解。人们曾将血液视为可供免费分发的资源，不应对收受者造成负担。如今，这样的理念已所剩无几，绿林义血会在重新审视与调整之后，将其以秘密非法的形式融入他们的幽灵组织之中。

打印机纸槽里塞满了最新宣传海报：鲜血从耶稣基督张开的双臂中流出。底下有一行文字：

他献出了鲜血，那你呢？

等到他们在永恒之城的街道上派发这些传单时，教会显然不会赞同其中的类比。说得轻一点，这是亵渎。

皮耶罗继续说：“医生和专业保健人士提出相反的观点，他们认为像红十字会这种建立在免费与自愿捐献基础上的系统从长远来看是不可持续的，尤其在和平时期，人们不会像上两次世界大战那样，在爱国主义的驱使下对士兵们给予援助。这就是为什么私人诊所都遵循以个人责任能力为基础的政策，接受血液的人必须有同等的贡献。

“很遗憾，凡是不能带上亲朋好友捐血的人，每袋要交 40 欧元税。很遗憾，你要是负担不起输血的费用，就只能在门外吹冷风。”

皮耶罗在一幅画像底下止住脚步，沉默了片刻。画中穿绿色长筒袜的男子是这场运动的灵感来源。他赤裸着手臂，一名胖乎乎的女孩用针刺入他的胳膊，红宝石般的血滴正在凝聚。

我们全都仰着脸站在那里观看。

“在大仲马的传奇故事中，罗宾汉因被亲戚盖伊·吉斯伯恩爵士刺破血管而流血致死。”

这名狂热的绿林义血会成员让我想起安妮莎的丈夫萨吉欧，亦即策划了这场闹剧的人。

皮耶罗继续阐述他的血液交易理论。那就像听艾莫里的演讲，只不过基调不同。

“政府把血液变成商品，可以购买、加工与出售，就跟其他商品一样。这是错误的，但至少受限于商业规则，包括质量保障。因此，卖方需要对产品安全负责。比如说，可口可乐必须是可食用的，同样，血液必须是干净的。如果受血者生了病，可以对违反质保的行为提起法律诉讼。他无须证明生产者的过失，因为生产者应该事先确认。”

走完工厂的一侧之后，我们的参观行程已经过半。

“针对政府的操作，我们对血液有自己的定义，它不是贸易商品，而是活体组织，是一种人体器官。输血不是商业交易，而是医疗服务，有点像手术，也有人认为更接近于器官移植。他们用一句话结束了争论：尽管血液可以被认为是活体组织，但只要从血管中抽取出来，其性质就会因为抗凝剂的加入而改变。化学处理使得血液不再是原始的生物组织。它成了一种产品，更确切地说，成了一种资源。”

皮耶罗在他们最珍贵的物品跟前停下脚步。那是一台就地组装的机器，用于制造臭名昭著的机械蚊子。

“如果他们把血液当作可利用的资源，那我们就能开采。富人和穷人不仅在死亡面前是平等的，睡觉时也一样。这是我们教给蚊子的，都写在程序里了……我们每周生产约一百只，全都采用特百惠塑料和其他生物降解材质。依靠太阳能电池，它们可以生存几年，然后自行分解。它们可厉害了，是巴西的一个绿林义血会小组设计的，采用开源操作系统。每一只一晚上就可以搜集整整一袋血。”马基奥捉起其中一只。

“谁给你们提供资金？你们的钱从哪儿来？”

皮耶罗抱起双臂，用挑战的眼神瞪着我们。

“现在，就因为有你们这样的人，献血变成了一种民间抗争。”

“别拐弯抹角，回答我的问题。”

“你从没想过人们会自愿捐钱吗？我们的项目由匿名捐款者资助。在罗马，这并不容易，但我们成功了。”

我试图缓解紧张的气氛。

“那边是什么？”

后面的角落里矗立着一个数米高的红色立方体，每个侧面中央都开了个圆洞，前面放着一把凳子。

“献血室，那是匿名捐献的地方。献血者坐在外面，胳膊伸进洞中。里面有几个志愿者，在严格无菌的条件下执行抽血。”

马基奥走近那堆货箱。这么多血足以完成我们的年度配额，我们可以一直玩乐到十二月。

“好了，废话少说。告诉我们，你们都招募了谁。”

“我们不招募，我们都是志愿者。”

“那你们打算组织什么活动。”

“我不知道。我不在决策小组里。行动当天，他们会口头解释行动内容……以免被拦截和发现。”

“见鬼，皮耶罗，那至少告诉我们，其他成员都有谁。”

“角斗士”即将失去冷静。这些不是普通逃税者，他们相信自己永远不会被逮住。一般来说，根据某种古老的通识，被抓的风险在所有纳税人之间是平均分摊的，因此接近于零，一旦有人被抓，其他人便安全了。鉴于逃税现象的广泛性，我们血暴组不可能逮捕每一个潜在的逃税者。因此，没人相信自己是下一个倒霉蛋。

这种数额低微但广泛存在的逃税行为是难以估量的，它们就在你身边，往往比想象中更多。面对无数微小的敌人，血暴组必须用武力来应对这场斗争。

“我不知道他们是谁。加入绿林义血会时，我们丢掉了原本的公民身份，变成另一个人。”

从皮耶罗所说的来看，绿林义血会很不寻常：他们有自己的一套方法，他们不傻，他们不勒索钱财，也不会让自己陷入困境。

“你们要取别名吗，皮耶罗？像牧师和修女那样？”

“差不多吧……基本上就是这个意思。”

“那你叫什么？”

“我叫潘。”

“什么潘？”

“就是潘。潘神的潘。”

“哦，那……所以你大概不知道安妮莎·马利萨诺吧？”

“我只知道她被你们无端送进了监狱。”

我拽了拽马基奥的衬衫。

“算了，皮耶罗是干净的。那些货箱也是干净的，留在这儿没什么问题。我不想拿偷来的货物，免得弄脏手。”

日落托瓦亚尼卡

规则十四：曲而必折之。

第二天是周六，也是“净血行动”的日子。

伊拉利奥静静地坐在那里，注视着乡间小道从下方经过，坑坑洼洼，杂草丛生。我也跟他一样，看着下面裸露的砖房。平坦的屋顶上伸出一支支金属棒，这些房屋仿佛腐烂的牙齿，散落在彭丁湿地的平原上。

随着我们距离环城公路越来越远，耕地变得不那么荒芜，山坡上开满彩色的菊苣花。永恒之城周围的野草地里有许多人类制造的垃圾与污物，也有成群的绵羊在吃草。

地平线上，我们已经能看到卡塔角海滩。那是一片沙质沼泽，一丛丛低矮的橡树正努力地试图挺直腰杆。转眼间，我们已经来到海滩上方。

海面上飘荡着若干风筝。沙滩上有几个父亲正在收线，因为孩子们把风筝一直放到了沙丘后面。

*

我们降落在一片修剪整齐的草坪上，那里有个巨大的白色H标志。头顶上方的直升机桨叶停止了转动。这是个好兆头，因为我们已平安落地，即将展开行动。

你要是从没参加过此类聚会，就无法体会我和伊拉利奥的感受，也不明白这种跨越界限的行为会带来多大冲击。别担心，我对逃税者没有太多共情。这是一次个人的胜利。

年轻时，那些地方一直拒绝我进入。所有地方，你懂的，那些夜店。卫城？经理人？歇斯底里？吹笛手？杰奎琳夫人？毒药？你也许见过里面什么样，但我没有，从来没有。因为我从来都不在宾客名单内。因为我不认识保镖和公关，无法在店门口报出有用的人名。因为即使我嘴里叼着一大捆钱，他们也不放我进去。

我一直不明白自己错在哪里。也许为了给那些奢华会所增添神秘感，我被划入某种“固定配额”，是不受欢迎的人。也许我看起来就像个理应被排除在高档场所之外的下等人。

每个周五或周六的夜晚，我的希望都会一头撞上肌肉虬结的肉山，那些光头肥佬总是理直气壮地让我滚一边去，一周复一周，毫无例外。

最后，面对无数次拒绝，我放弃了。我的鼻子做过手术，但那不是为美容，而是在迪厅外的一次斗殴中被打断了。

也许每个人都有过一点类似的经历……只有宾客名单上的人例外。我不想显得太无聊，但他们不明白，在经历过那许多令人恼怒的无视之后，踏入会场的大门意味着什么。

年轻时，这种事能让你怒火中烧。我的名字跟多米尼古拉、尚塔尔、奥德利、塞巴斯蒂安之类的富家子弟放在一起也不算难看，但他们是居住在帕里奥利区的上等罗马人，或者来自第里雅斯特、卡米卢奇亚、普拉蒂等高尚社区。

这一次，我们如愿以偿。我们的出现非常合理。更有甚者，我们还带来了一点点规矩，因为这群家伙最多也就是断断续续地纳几次税而已。

艾莫里从紧急服务部门借了一架直升机，把我们送到托瓦亚尼卡的小直升机坪，就在卡塔帕诺租用的建筑物门口。

无论姓甚名谁，如此公然滥用国有交通工具总能让当事者显得位高权重。这大概是许多甚至大多数意大利人所渴望的，包括那些当面假装不屑背地里却羡慕得要死的人，也包括那些一边义愤填膺一边却继续逃税的人。

小卡塔帕诺即将加入天主教社群，在这样的聚会中，我们最起码应该礼貌地从正门进入。

我们向保安出示邀请函，那两个像大猩猩一样魁梧的家伙怀疑地看着我和同事。按照请柬上的要求，伊拉利奥把装有白老鼠的盒子递给第二个保镖。我们也报上真实姓名，艾伦·寇斯塔和伊拉利奥·文图拉。请柬上用精美的字体印着我们的名字，但似乎哪里不太对劲。

大猩猩跟血暴组一样等级分明。马基奥说，他们不是士兵，但军人是他们向往的目标，这就足以让他们把服从看作一项重要的价值。然而谨慎也一样。他们对核查的结果不太满意，大猩猩一号打开对讲机。

“基诺，能不能帮我查一下这两个名字？”

以我在豪华场所门外排队的经验，最好的方法是不要干预或争辩。必须让大猩猩一号感觉自己是老大。你得显得非常非常卑微，接受他的宽宏大量。这跟邀请、名片、公正之类的没关系，只有手中的权力才是推动剧情的关键。

在等待基诺确认我们的身份期间，我偷偷瞟了一眼来宾名单，发现都是些听起来相当高贵的名字。

比如西罗·鲁莫洛，此人又被称作“善变的爱人”，因为他可以迅速爱上一种政治倾向，然后在同一个议会周期内改变效忠的阵营。再往下一点有托马索·卡斯塔尼亚，来自蒙蒂区，是一名法官，据媒体记载，他曾经“斩首”多个犯罪组织，敬重他的人称他为“正义大法官”。

随着时间的流逝，基诺依然没有回复。我们被带到一边，让没有信誉或身份问题的人先进入别墅。我不想显得太焦躁。他们也许不知道，但我在努力思考。

是不是我们的着装让大猩猩一号产生怀疑？但我甚至已经得到贡熙姐的认可。我们一起去迪赛尔专卖店购物。好吧，其实她的建议是大卫·赛德勒或先驰这种时尚品牌，不过我一向不喜欢格子和条纹衬衫。世界是歪斜扭曲的，充满稀奇古怪的形状。把所有服装都限定在某几种款式之内有什么意义呢？睁眼瞧一瞧，你就会明白我的意思。随便走进一家罗马的衬衫店，询问有没有以下类型之外的服装：

单色。

条纹（无论粗细、颜色，只要是条纹就行）。

格子（同上）。

他们看着你的眼神就好像你要的是一件人皮衣服。

“没问题，盖塔诺。客人可以进。他们的邀请是卢西奥亲自批准的。”

我们得感谢艾莫里的长臂助力，不然就会被踢到旁蒂纳大街的马路边去。盖塔诺一边交还请柬，一边皱起眉头凝视了我们一阵。最后，他挪到一旁，让我们进去。

于是，我们来到了卡塔帕诺巨龙的肚子里。我们四处走动，以便熟悉方位，伸展腿脚，并跟上流社会的人物打成一片。我们注意到的第一件事，是两辆看起来像是军用的大型两栖车，类似于悍马。别墅前面的车库里还停着若干越野车，窗户都黑乎乎的。我能嗅到一股腐臭，那是我最敏感的气味，亦即政客的气味。

“所以艾伦，咱们喝一杯怎么样，你觉得呢？”

伊拉利奥像弹簧一样绷得紧紧的。我不知道他的兴奋是因为参加聚会，还是因为我们即将给卡塔帕诺带来一个惊喜。

“同意，好主意。不过咱们得待在一起。”

有人在天鹅绒般的草坪上打高尔夫。在我看来，打高尔夫球的人跟大街上玩弹珠的孩子没有差别，他们手里握着形状与价格各异的球杆在草地上行走，但道理是一样的，都是戴着时髦的帽子在阳光下玩耍。我的意思是，假如他们想要散个步，就不该用那种可笑的残疾人小车。

我的同事拦住一名侍者，抓了两杯曼哈顿鸡尾酒。

“先悠着点儿？”

“你看着办吧，伙计。”

伊拉利奥一口吞下他的酒，就好像那是血餐店的饮料。他拽住侍者的衣袖又拿了一杯，脸上堆满那常年不散的笑容：绿色的眼睛，一张大嘴里布满歪歪扭扭的牙齿。

对面的泳池上方的舞台上，一个全女子组合正在表演俗套的曲目，从流行到摇滚，周而复始。

歌曲竞标让贵宾们兴奋起来。规则是这样的：每张餐桌上都有一份歌单，类似于菜单，贵宾们可以选择竞标哪一首。竞价最高者决定乐队表演的下一首曲目。

此刻，她们正在演唱理查德·科西安提的怀旧经典。

我稍加留意后又发现，卡塔帕诺这条狡猾的老狗为逗儿子开心，还雇了一支叫作“小吸血鬼”的乐队。那是一群充满煽动性的青春期无脑少年，即便是表演催人泪下的情歌或者缓慢的抒情曲，也能像魔鬼附身一样疯狂地抽搐跺脚。

我们决定到露台上去。太阳正慢慢沉入托瓦亚尼卡海滩的波浪中。我的曼哈顿酒随着暮光一起消失了。

“我再去要一杯，在这儿等我。”

伊拉利奥和我的比分已经是2∶1，而他完全没有停下来的意思。

太阳下山后，数十支火把照亮了会场。

下方不远处有个生态游泳池，它就像池塘，布满水生植物和邮购来的小动物。池塘旁边的豪华露天餐厅里，我认出许多演员、歌手、记者和足球运动员的面孔，他们正就着盘子里各种口味的通心粉和肉皮菊苣炖豆子聊天。这群人心满意足地填饱了肚子，正等着在右边的舞池里露一手漂亮的迪斯科舞步。萨尔瓦多·帕奥莱蒂朝我举起酒杯，他是修建马尔诺姆堡住宅区的承包商。我靠，伪装起作用了。在这里，人们相互举杯致意，以确保不会错过任何重要人物，也能让自己感觉身处友好的氛围之中。

“我终于进来了……嘿，看到那两个了吗？”

伊拉利奥朝两名模特努了努下巴。一个满脸通红的俄国醉汉正在讲无聊的笑话，而那两名辣妹显然已陷入一种癫狂状态，毫无羞耻地假装放声大笑。

“别惹事，咱们来找的是另一种乐子。”

“对，但如果我能要到电话号码……我的意思是以后……”

“以后的事以后再说，伙计……该去找咱们的东道主了，我哪儿都没见着他。”

通过专心观察，我们发现了一些有趣的细节，比如不管部部长朱利奥·皮奥万正在爱抚一个穿迷你裙和渔网袜的丰满女侍者。

关键是，这份工作干久了，你的心肠会变硬。这是个很自然的过程，就跟逃避血税的人会变得精明一样，无可避免，毫无悬念。这些人之所以逃避血税是因为他们认为这种责任与自己无关，并可以通过转移账户、曲解法令，或者各种创新的方法来慰藉自己的良心。这些人如此肆无忌惮是因为他们真心相信，那是属于自己的权力，他们与现实世界是隔绝的。充满恶习与腐臭的富人可以逃避责任，而我们却需要为此付出代价。

不过今天得改一改了。

我点起一支不带过滤嘴的卷烟，这东西能令人心情愉快。泳池边有几个肥胖的小崽子，完全不知忸怩为何物。他们对未来的罪行毫无羞愧。不过也不怪他们，我的意思是，看看他们的榜样：父亲的大肚腩在亚麻衬衫底下颤动，母亲套着大码裙装——在她们那个时代，女人肥胖的身材并不代表毫无掩饰、近乎厌世的自大，而是财富的标志。

作为制造血液的原料，这些脂肪让我感到颇为不悦。它们是经年累月通过逃税积累起来的。我心中升起一股危险的怒气，同时也对这群人充满怜悯。我的鼻子有点痒，鲨鱼闯进鱼贩市场的感觉又回来了。

“你觉得呢，咱们开始行动？”

“等等……再稍微等一下。我正玩得高兴。”

三杯曼哈顿下肚，伊拉利奥有点飘了。他也许得用粗一点的针头才能扎中血管，比如“矛尖”或者“杀手”。

“够了，我去拿工具。你别再喝了。”

在别墅后面，一名侍者把我拉到一边，打开一个橱柜，里面有两只 MT67F，还有我们的专业工具和艾莫里授权执行“净血行动”的文件。为避免在宾客中制造恐慌，我们的袋子经过精心伪装，就像是普通冰盒。

“谢谢，马里奥，干得漂亮。贴纸很酷。”

“那来自迪奥塔勒维的餐馆，他是本次行动的赞助人。他迫不及待地想要资助我们。卡塔帕诺欠了他许多债，吃饭从来不付账。”

“真没想到……”

我朝他挤挤眼，然后离开了。于是那侍者继续回去准备三明治，把一颗颗橄榄插到鸡尾酒的牙签上。相对于享受开胃酒的人群，他是另外一种存在。

我刚转过墙角，便听到一阵刺耳的声响。我发现原本情绪激昂的小吸血鬼乐队降低了音量，他们的歌声已沦为断断续续的背景音，而伊拉利奥手执话筒，正在高唱《但天空依然是蓝色》。他这叫唱歌？这是在糟蹋曲子！我把工具袋留在桌子底下，赶紧跑过去。

梦到百万巨款的人，赌博的人，
操控绳线的人，假扮印第安族的人，
农场工人，清扫庭院的人，
偷窃的人，打架的人，告密的人，
啦啦啦啦啦啦啦啦啦，
但天空依然是蓝色，哦，哦，哦，哦，
但天空依然是蓝色，哦，哦，哦，哦……

伊拉利奥高声吆喝着“哦，哦，哦”。所有人都转头望向露台，惊讶得目瞪口呆。最后，他摆出一个类似人偶的戏剧造型以结束表演，仿佛是巅峰时期的西亚皮[①]或者雷纳托·杰罗[②]。

不可思议的是，在一阵紧张的沉默之后，全场竟然响起一轮掌声，给伊拉利奥拙劣的表演画上句号。哈！他们知道如何配合。但我不管，音乐应该受到尊重。听到吉米·亨德里克斯独奏《生不逢时》，你不可能无动于衷。

总之，我一边将他拖下舞台，一边朝着众人露出万能的微笑。

---

① 乔瓦尼·西亚皮，意大利流行歌手，活跃于20世纪80年代早期。
② 意大利歌手，音乐制作人，舞蹈演员。

对，是的，我的同事是个尚未被发现的天才……不过他永远不会被发现，因为我打算杀了他。

“你他妈在想什么呢，伊拉！？这是咱们职业生涯中最重要的一天，你却在所有人面前现丑……”

“里诺，艾伦……里诺一直是我的最爱。他是个天才！”

幸亏派对的欢愉气氛让我们不至于显得太突兀，也没有引起保安注意。他们戴着耳机和墨镜，一直在宾客中间转来转去。

接着，我看到有人朝我挥舞胳膊，原来是性感火辣的贡熙妲。我早上刮了胡子，不知道她是怎么认出我的。一定是通过衣服，毕竟她帮我缝了裤腿边，又改短了袖子。迪赛尔专卖店要收 85 欧裁剪费，于是贡熙妲一把抓过衣服，塞进自己包里。

“真是疯了。”我的性感主妇说道。

最后，我们终于开始处理核心问题。别墅右侧，贵宾的密度急剧上升，可能是因为陪侍更加集中，也可能是因为卡塔帕诺本人的吸引力。

我给了我的姑娘一个拥抱，并把她介绍给伊拉利奥。他露出傻乎乎的笑容，她皱起眉头。他们彼此无视，这正合我意。接着，贡熙妲转过身，把脑袋靠在我胸口，露出厌恶的表情。

“那儿，艾伦……我没法看。”

眼前的场景的确需要坚强的肠胃。毕竟大家已经吃下许多牛肚、大蒜、橄榄油、辣椒、炖牛尾和甜椒鸡。现在我明白了，为什么我们要带老鼠。

卡塔帕诺的密友们站在一个笼子旁。这是他最忠诚、最信赖的小圈子。有个孩子站在黄色坐墩上，正是卡塔帕诺的儿子瓦莱利奥·马西莫。他把老鼠直接喂进一条巨蟒张开的大嘴里。那条蛇盘成一堆，占据的面积跟我的客厅差不多大，包括厨房区域。十只老鼠逐一消失。

“很好，瓦莱利奥。赠予饥饿者食物，汝可受洗为基督徒。”

一名老妇人口吐基督箴言。卢克蕾西亚·路易莎·卡塔帕诺就像个浑身涂满防腐油的女巫。据说她曾向语言治疗师学习如何消除大舌音，但对结果不太满意，又不愿费劲练习发音，于是就去动了个手术，削弱口腔肌肉的力量，以便获得“自然”的贵族口音。

经过筛选的人群缓缓走向礼拜堂，一名牧师正在为仪式做准备，倒出一杯卡斯泰利红酒。那不是别人，正是咱们的老朋友佩济大主教，脸色略有点苍白，但比在双子医院抽血的时候更加精神。

我在人群中找到了今年的血税目标。更确切地说，是在一个婀娜的红发女郎和一个瘦削的栗发女郎身旁发现了他：卢西奥·萨吉欧·卡塔帕诺。

最近几个月来，我们对他逃避血税的灰色手段进行反复核查，最终构建出一个数据模型。这一简单的表达形式揭示出他的巨量开支。

由此，我们得以重建他的资金流向，包括每一个细节。有了这些基本证据，我们便能确定血税局的损失，并推算出应当征收的血量。不用说，卡塔帕诺此刻应该被绑在雷比比亚监狱的抽血机上，而不是来托瓦亚尼卡开派对。这跟安妮莎的情况不同，她的漏缴额已经回流到乞血者的血液循环中，增加了他们的应缴税额。然而他至少已连续五年全额逃税。

我一直亲自追踪此案。我了解卡塔帕诺的消费品类和消费量。因为我每周都派吉卜赛人去翻他家附近的每一个垃圾箱，分析流入和流出的物品。要调查一个人的罪行，最好的办法就是了解他的习惯。我现在可以毫不犹豫地说，卡塔帕诺的血液需要好好清洗一番。

“我要进去听弥撒了，艾伦。”

“咱们等一下在这里找个地方碰面。”

贡熙姐回到她的朋友们那里去了。我们在礼拜堂外面徘徊等待。

要参加仪式，你得在另一张更加严格的名单上。进入礼拜堂之前，宾客们必须往一只标注着“慈善捐款”的大罐子里投钱，罐子底下还写着：

给我们的兄弟

也不知道这“兄弟”指的是雇佣兵还是传教士。

13 号针头外号叫作“喷嘴”，看上去十分可怕，假如能把它插进卡塔帕诺体内，刺入他那从来不曾被扎透过的血管，让鲜血飞溅到侍者身上，那感觉一定很棒。这才是真正的慈善。

扩音喇叭里开始播送弥撒，响亮而清晰。

瓦莱利奥·马西莫已将近 11 岁，受洗礼有点晚。在布道过程中，佩济大主教抓住每一次机会强调，加入上帝的羊群从来都不嫌迟。

事实上，卡塔帕诺曾向佩济大主教坦白，想等到瓦莱利奥·马西莫完全理解自己的选择，能够全身心投入天主教信仰时，才让他受洗。

这番精彩的演讲几乎让我想要退教。不知道教会是否提供终止信仰的仪式，也许某个萨满巫师正准备抓住机会，开展这项有创意的业务。

别墅的另一头，小吸血鬼乐队又开始表演，这一回是《罗马今夜别扫兴》，气氛显得比较慵懒。这是罗马民谣风的最高境界。贵宾们站起身，成双结对地搂抱在一起摇摆，深情地凝视着对方的眼睛，温暖的氛围达到了顶峰。

没人可以抵抗第勒尼安海妖的歌声。假如换作我，会给他们听听同样摄人心魂的警笛。

伊拉利奥又想拦截一名侍者，我赶紧拉住他的胳膊。

“你要去哪儿？时间快到了。”

他摇摇晃晃，站立不稳。

“我是说，你看到那些家伙了吗？全都像是别人的镜像，而且数量众多。同样的品位，同样的姿势，同样的心态。我猜就算用针筒威胁，也无法让他们改变。逃税就像是流脓的伤口，我们最终不得不忍受。”

伊拉利奥的嘴就像是会拉肚子，每隔一段时间就冒出一串白痴言论，而当他喝醉的时候尤其糟糕。

“你去忍受吧，我宁愿除掉它。”

*

侍者已经全部就位。蛋糕即将上桌，刀叉相碰的声音简直震耳欲聋。

我和伊拉利奥巧妙地从两侧包抄，堵住卡塔帕诺。我俩由大宴会桌两边分别向中间会合，在此过程中，又与一名寻求关注的贵宾说笑寒暄了几句。

最后，我们来到桌首，把卢西奥·萨吉欧夹在中间。他腆着大肚子，发际线后退，卷曲的头发一直垂到脖子，仿佛是尼禄的漫画像，不过假如你觉得这样的类比太抬举他了，那就是像吉亚尼·德·米切利斯[①]。

我俯身凑过去，问他是否收到征血处的短信或电邮。在正式通知之后，往往有人登门拜访，甚至来做血液检查。

他那种“我不在乎”的态度不是个很好的开头。他摆了摆手，仿佛我只是个招人烦的瘾君子或者邋遢的卖花小贩。卡塔帕诺继续大口吞咽食物，几乎连喘气的工夫都没有，还时不时用双手捧一捧肚子。他吃太撑了……跟周围的食客一样，这个狡诈的家伙完全沉浸在自我之中。

“我们代表艾莫里·西拉基来这儿，你还记得他吧？”

我不想被迫搜查整栋别墅。他的交易很隐秘，凭借在三届政府中建立的人脉，他处于一张保护网中。由于人们的刻意遗漏与沉默，我们也许得在这里忙一整个夏天。

伊拉利奥叉开双腿，以免摇晃得太厉害。看样子他对这一方

---

① 意大利政治家，意大利社会党的重要成员。

案并不太抵触。

“是我让你们进来的……你们真以为我傻吗？艾莫里是我的老朋友。实际上，我以为他会亲自过来。不过对我来说都一样。但既然他派你们来，那你们就代替他好好享乐吧。”

我心想，假如把紫色的“喷嘴”插进他的颈静脉，抽拉活塞，他还能不能继续巧舌如簧。

“也许我没解释清楚。艾莫里派我们来是要给你传个信。”

他吃了一惊，黄绿色的面条从嘴里滑落。他的自信之上多了一层愤怒。

“这狗娘养的臭小子……！”

他终于意识到，我们不是来做客的，也不是在摇尾乞怜。

“没必要这么激动。”

我们早就知道，卡塔帕诺会挣扎抵抗。我们早就知道，他会往我们脚下撒玻璃碴，试图扰乱我们的步伐。

“我们想和平解决问题。我们是税务人员，跟你一样，都属于公务员，需要向国家负责。”

他站起身，气势汹汹地面对着我。他意图与我对峙，仿佛要把我的脸刻印在记忆中。他得踮起脚尖才行。我示意他跟我来，一对一单独解决问题。

他从口袋里摸出一支烟，点燃后吸了一口，嘴角喷出一缕白雾。他朝身边一名叫作亚历桑德罗 · 马西亚的随从比了个手势，表示一切都在掌控之中。这个亚历桑德罗在我们的黑名单上也已经许多年了。

“你们这些家伙一文不值……艾莫里为什么不自己来呢，嗯？他不敢在白天露面吗？我就跟初雪一样干净，他知道的。你们这些该死的吸血蚂蝗什么都不懂。”

卡塔帕诺认为自己像初雪一样干净，而且是在罗马，这似乎有点不可信。不管怎样，为避免麻烦，我得向他解释清楚，我的行为是合法的。我们来这里不是为了乞讨。

“听着，城里的广告牌上贴满了你的脸。我可以确定，你从没来过征血处报税，一次都没有。我只要知道这一点就够了。”

伊拉利奥在数米外挡住其他宾客。他礼貌地请求大家坐下，不要乱动，不要惹麻烦。不管愿不愿意，人们都乖乖遵从他的指示。

我掏出文件，伸到卡塔帕诺鼻子底下。他又显得很恼火，躲向一边。他揪住我的衬衫，想了想又松开手，搭到我胳膊上，仿佛我俩是共进午餐的好友。

“你知道吗？你是个白痴。那些海报是我和艾莫里一起设计的，而且是我出的钱。你最好在我真的生气之前赶紧离开。你们这些扎针狂人毁了我的派对。”

哦，真该死！处理经济和政治问题的手法既不是无限的，也并不神秘，然而其影响却无法预见。

这两个卑鄙的混蛋早就在互相勾结。天知道他们的秘密同盟已经有多长时间了。出于某种原因，艾莫里显然决定与卡塔帕诺再次合作。这就是我们在不明就里的情况下传递的信息。

所以，现在怎么办？

鲜血的呼唤

规则十五：完美世界无须强制缴税。

我不管别人怎么想，心脏是生存必需的器官，不是用来散播无用情感的。我没必要向卡塔帕诺道歉。他逃避血税，我是他最恐惧的噩梦。

“这是征血处签发的采血令，我来追讨你欠下的债。你最好还是坦白吧。你一直很聪明，抛出一个又一个烟幕弹，成功地蒙蔽了大家。哪怕是现在，你还在利用艾莫里的诡计使诈。我曾把许多跟你一样的家伙送进雷比比亚监狱，跟你相比，他们有更好的托词。他们需要养家糊口，他们丢了工作，竭尽全力维持生计……”

卡塔帕诺掏出手机，在通讯录里翻找。他把我们的说教当成耳边风。他找到了救援号码，咕咕哝哝地说：“我让你看看艾莫里的诡计是怎么回事。”

假如血暴组成员任由情绪和感情影响决策，干扰工作，那会怎么样？那将是一场人间惨祸，是社会的灾难，血税体系将逐渐瓦解；简而言之，这个美丽的国家将彻底崩溃。这就是典型的意大利风格，缺少合作精神，令人恼火。

我示意伊拉利奥，期待已久的时刻已经到来，可以亮出针筒抽血了。他给别墅中的其他侍者下达命令。

铃声响过四下之后，依然没人应答，我一把夺过卡塔帕诺的手机。

“我代表政府，你是一名罪犯。我才不管你认不认识我的上司。”

他没有惊慌失措，反而用手指指着我，抛出又一个威胁。“你的上司要是知道你对他没有丝毫尊重，一定不会高兴。等到他发现时，他不会假装不知道是谁派你来的……”

很明显，他想扩大我周围的真空地带，因此我失去了耐心，把他的智能手机扔进他那仍然盛满酱汁的盘子里。

“他派我来，是因为我是这项工作的最佳人选。”

没必要跟他谈判。卡塔帕诺高高在上，肯定对我置之不理：

我只有表现出力量和决心，才能让他留心听我的话，否则他会用尖刻的指责把我赶走，就像对待先前企图向他征血的血暴组成员那样。

“所以……你打算怎么办？缴还是不缴？”

“我什么都不缴。没门儿。你可以滚了。保安！”

可怜的保安没法来帮他。每个保安的脖子上都抵着一根23号“穿刺者”针头。

宾客们试图逃跑，他们像一群惊恐的老鼠，纷纷站起身来，但每张餐桌旁的侍者又迫使他们坐了回去。

我瞥了一眼座位表和贵宾名单。

我很想对他们逐一核查，看看有谁真的毫无污点。做个血分光镜检查，了解他们血管中的成分。

这是探求真相的时刻。关于血液的真相。

穿戴得整整齐齐出席这种场合，还能随意恐吓宾客，我感觉心情振奋，犹如踏上战场。

给我一支话筒，我就能高歌一曲。

“女士们，先生们……”

我打开工具箱，取出亲爱的老伙计——普拉瓦兹镍针筒。假如我是卡塔帕诺，面对如此待遇会感到很荣幸。对付他这种人，必须十分谨慎。按理说，他们应该以身作则，为了社会团结与正义带头缴血。然而抱怨最大声的却正是这类人，还千方百计钻法律空子，逃避行政律令。他们是顽固的犯罪分子，而且不断重复罪行。我们必须追踪调查，引蛇出洞，让他们面对自己的罪证，强迫他们合作。

“请坐在原地不要动，稍等一下就好，让我们完成对卢西奥·萨吉欧·卡塔帕诺先生的征血。”

现在大家都知道了。宾客们也明白，假如他们胆敢乱动，我们可以全权处置：一想到要抽血，那些贵宾都惊恐地呆坐在原地，脖子后面汗毛直竖。听见针筒和手铐咔嗒作响，他们一定想要逃跑……我们很了解这些人，因此在托瓦亚尼卡布置了大约 30 名随时待命的蚊子级合同工。餐饮公司也已收到打点，不会太计较他们的身份。相信我，你绝不希望这群家伙用针筒来对付你。

另一条建议：惹怒一个人最简单的方法就是坐在他的位置上，用他的，吃他的，未经允许取走他认为属于自己的物品。所以我就是这么干的。我指了指另一个座位。

“坐那儿，这比你想象的要快……”

他很丧气，意识到自己别无选择，只能违心地遵从命令。卡塔帕诺的眼神里流露出沮丧和愤怒，甚至近乎仇恨。我帮他脱下外衣。他解开两边衬衫袖口上的扣子，手掌向上翻起。他无法相信自己的眼睛，无法相信我们竟然逮住了他。

音乐停顿下来，甚至听不到有人呼吸。虽然大家都不知道，但我们才刚刚热身。

“我有血友病，你不能抽我的血。”

又来了，这卑鄙的蠢货又企图耍花招。他显得十分真诚，但被人拿针头抵着赤裸的手臂时，有谁不是呢？

更多惊喜还在等着他。我的普拉瓦兹是一件奢侈品，但仍是一支可以装配标准针头的针筒。事实上，我们的工具箱里还有特殊的钩针，因为——怎么说呢——在某些激动人心的场合，扎胸骨比扎血管更容易。

我把他的衬衫扒到腰间。看到我把针头安到普拉瓦兹带棱脊的圆柱形针筒上时，他吓坏了。那是著名的 10 号针头，外号“水管”，可以扎出 3.7 毫米的洞孔，并能与锯齿状的针筒侧壁扣合，防止挣脱。我用手轻推他汗津津的额头，让他的脑袋靠到椅背上。我把“水管”对准他的胸口，调整角度，指向胸骨的正中间。接着，我的手一阵挥舞，仿佛魔术表演。你瞧，我握着的不再是针筒，而是一把匕首。

“你的眼神里终于有一丝害怕了。”

我吸了口气。

“你有什么要说的吗？”

他一遍一遍不停地摇头。

我把针头扎下去，开始抽血，活塞逐渐往外拉，直到针筒里灌满血液，卡塔帕诺的脸上阵阵抽搐。我将普拉瓦兹针筒从卡塔帕诺胸口取下。他发出嘶喊，仿佛一头被困住的猪，但针头其实并没有脱离他的胸口。这有点像是刻意的表演，因为我还没完。

我拿起一只洗指钵，把里面的水倒到地上，并让一滴血溶入其中。看着它慢慢扩散，我只能感慨其流畅滑润。卡塔帕诺的确很会照顾自己。也不知是谁给他输的血。他说自己有血友病，不能纳税。事实上，他血管里的血甚至都不是自己的，而是来自私人诊所之类的地方。从呼吸状况来看，他的身体即将亮起红灯。

“我的心脏很脆弱，而且我现在心情激动，再这样下去，你会要了我的命。”抽多一袋血就多一个借口。

很明显，对卡塔帕诺来说，在议会里扯谎是家常便饭，有时是为了掩饰腐败，有时是因为处理合约时用了不正当手段，而像纳税这种无关紧要的小事，他更是毫无顾忌。他的谎言跟许多人一样，代表了某种更可恶的本质：一种寄生的倾向，仿佛伸向国库的魔爪。

这卑鄙狡猾的混蛋是社会的负担。

“我最亲爱的卡塔帕诺，假如你心脏不好，我敢肯定是因为沉迷于罪恶……然后你告诉我，你的心跳有问题。那我跟我的同事只能回答说：‘你以为我们会在乎？’你心脏脆弱，我们就得买单？

看得出来，这是件可悲的事，但你早就应该想到……”

突然间，我的头脑仿佛陷入疯狂。一阵来自海洋的轻风掠过我的脸颊，凉爽清新，带着海浪刺鼻的气息，还有一丝陈腐的盐味。

“你瞧，说实话，我并不是想要你的血。”

“你到底想干什么？”

我们一直需要面对政治、商业和贸易中最肮脏的一面。日复一日，这份工作变得吃力不讨好，我们总是受到近乎羞辱的对待。

“要知道，卡塔帕诺先生，每个人的血管里都有值得羞耻的东西。区别在于，你假装与众不同，自以为高于法律。”

我准备继续动手，但稍稍有点分神。我瞥了一眼周围，看到一名惊慌失措的辣妹，还有那些不知名的宾客、奢华的食物和英式草坪。见鬼，这疯狂的念头是从哪儿来的？如果说当今的逃税现象是由自古以来的文化与陋习所造成的，那意味着它有大约2700年的历史……我们一出生就有逃税的历史，爱钻空子的毛病来自基因，存在于我们的血液中。一个无可争辩的事实是，无论你被抽掉多少血，新生的血液依然跟从前一样，甚至还更糟，一成不变。

不，我的思维方式不能跟伊拉利奥一个档次。我宁愿全力投入，而不是拖延回避。

“忏悔吧，卡塔帕诺。逃避只能使人沉默，坦白才可以获得自由。”

我讲这些显然不仅仅是为了作秀。如果报税相当于忏悔，逃税就是一种罪恶。假如你仔细想一想，会发现两种系统之间有许多共通之处：自尊自重，且尊重你所属的社群。这是艾莫里说的。

第二袋血也已经鼓胀起来。伊拉利奥激动得无法保持静止，他兴奋地凑近过来，递给我第三个血袋。

“你可真会抱怨，卡塔帕诺。你说说看，咱们应该怎么办，嗯？”

卡塔帕诺开始语无伦次地咕哝起来，都是些毫无意义的话，一连串指控与谴责。他的嗓音尖细而嘶哑，仿佛被逼到角落的动物。

“臭小子，我要干掉你们……你们活不到把这件事告诉别人。”

我心中一阵震颤。等到我无须再握住那第三个血袋，便立刻用腾出来的手狠狠往他脖子上捶了一拳。这揭开了又一幕好戏。伊拉利奥几乎难以自已，他挥舞着针筒，套上第四个血袋。

“许多人想看到你被终生监禁。但有些人更想把严重逃税者送上绞架，或者像美国人那样，从手臂注入致死的药物。”

宾客们开始喃喃低语。风吹散了纸巾，也吹乱了女士们的发型。我闻到海浪和喷发胶的味道，也闻到地中海松树和广藿香。

总之，空气并不纯净。

“放开他，你们这些暴徒，竟敢到这里撒野！”

那老妖婆徒劳地企图保护儿子，而保安们受制于抽血的威胁，都不敢反抗。但伊拉利奥像往常一样反应过激，再加上酒精的作用以及局势意外突变，他表现得尤其夸张。他下手太狠，从卡塔帕诺体内抽出太多血，那混蛋的肤色都发青了。

“你知道贝利[①]的那首诗吗？叫作《同一碗汤》。我给你念一念。听着，准备好了吗？”

伊拉利奥已失去理智。

PE NNOI, RUBBI SIMONE O RRUBBI GGIUDA, MAGGNI

BBARTOLOMEO, MAGGNI TADDEO, SEMPR’È TTUTT’UNO, E

NNUN CE MUTA UN GNEO: ER RICCO GODE E ‘R POVERELLO SUDA.NOI MOSTREREMO SEMPRE ER CULISEO E MMORIREMO CO LA PANZA IGGNUDA.

IO NUN CAPISCO DUNCUE A CCHE CCONCRUDA D’AVÈ DDA SEGUITÀ STO PIAGGNISTEO.

LO SO, LO SO CCHE TTUTTI LI CUADRINI C’ARRUBBENO

STI LADRI, È SANGUE NOSTRO

① 朱塞佩·焦阿基诺·贝利（1791 年 9 月 7 日—1863 年 12 月 21 日），意大利诗人，他的十四行诗以罗马方言著名。

E DDE LI FIJJI NOSTRI PICCININI.

CHE SSERVENO PERÒ TTANTE CAGNARE?

UN PEZZACCIO DE CARTA, UN PO' D'INCHIOSTRO, E TTUTT'ORA-PRO-ME: LL'ACQUA VA AR MARE.

(西蒙盗窃，基达盗窃，

巴托洛米奥偷吃，塔迪奥偷吃，

对我们来说都一样，没有一丝一毫差别：

穷人流汗，富人得益。

我们将永远展示大竞技场的风采，

死去时袒露着腰腹。

但我不明白，为何流了那许多泪水，仍要继续坚持。

我知道，我知道，盗贼窃取的钱财出自我们的血汗，也出自我们子孙的血汗。

吵吵闹闹有什么用，

一张纸，一滴墨，你会发现一切都一成不变：

所有的水终将汇入海洋。)

没有人为这篇伟大的诗歌和我同事诚挚有力的朗诵喝彩。

不过他也不在意听众的怠慢。

"明白了吗？你得握紧拳头。握得越紧，就越能多多抵销你欠血税局的债。来吧，让大家看看你有多强壮……”然而卡塔帕诺做不到。他浑身瘫软，眼神涣散。伊拉利奥意识到自己惹了麻烦，他望向我，语气近乎哀求。

“哦！这家伙快不行了，艾伦。帮我把血灌回一点到他血管里，别让他出事。”

我把他推到一旁，然后小心翼翼地拔出针头，以免扭坏钩针或者扯裂人体组织。据说“水管”的副作用是骨头疼。我从来没机会确认这一点。

“你觉得这样就够了，是吗？其实还有第三种选择，寇斯塔疗法。你知道我们这位朋友躲在各种政令后面藏了多少应缴税额吗？比如‘血税盾’‘墓税减免’之类的？”

我们终于走到这一步，用针筒逼迫他合作，让他缴纳亏欠的税额。一种无比邪恶的快感蒙蔽了我的双眼，让我生出折磨他的欲望。

“你还想藏吗？很好，这就满足你。张开嘴。”

我抓起第一袋血，挤入他的喉咙。

他一边吞咽，一边试图吐出来，于是我用两根手指捏住他鼻子。“你就是一条混在议会里的食人鱼，真是太恶心了。来吧，来一口，让大伙儿看看你能吞下多少。让大伙儿看看你一次能吞下多少。”

据说在古罗马，角斗士击败对手之后，会喝下对方的血，他们相信这样能吸收对手的力量。在永恒之城，我决定反其道而行之：用敌人自身的鲜血打败他。

“不要……我……不能……”

“别一边喝一边说话。”

伊拉利奥猜到了我的怪诞行为目的何在。他面带狰狞的冷笑，仿照我的样子将一支针头插入卡塔帕诺的跟班亚历桑德罗·马西亚体内。那精瘦的马屁精一直躲在老板的影子里寻求保护，躲避征税。

伊拉利奥费了半天劲，连续三次都没扎到血管。他显然应该尝试抽另一条胳膊，但伊拉利奥假装自己是生手，仍继续固执地往那片已经红肿的皮肤上扎针。

等他抽满一袋血之后，也将那赤色黄金灌入马西亚嘴里。

卡塔帕诺难以置信地眨巴着眼睛。他开始阵阵颤抖，显出即将崩溃的迹象。这没什么可悲的，只是一点点恐惧效果而已。他脑袋往后仰，血从张开的嘴巴里流淌到脖子和肩膀，滴落至隆起的肚子上，就像个溺死在台伯河里的人。

除了汩汩的血流声，只有头顶上方有一点点动静。一架飞机在云层间拖出一条尾迹，正准备降落到钱皮诺机场。这让我想到，当飞机坠毁时，头等舱旅客和其他人的死亡率是相同的。

“好……好，我全都告诉你。”

我稍稍松开血袋。

“但请先帮帮我……”

我打开一袋血浆，输入他体内，以免他的血管闭合阻塞。他立刻精神起来，靠着椅背挺直身子。然后他开始坦白，包括每一个小细节。卡塔帕诺血淋淋的嘴里吐出一份完整的名单，我们甚至从中发现了“魅影”的身份，这让我有点吃惊，因为我竟然认识他。

他继续交代，仿佛撒豆子一般抛出过去、现在和未来的每一笔灰色交易。假税表，假名字，从太平间接收血液衍生品，从输血中心非法取血。

最后，他精疲力竭地瘫倒在椅子上。

“我需要救护车……”

没有人动。卡塔帕诺的手机响起来，艾莫里的名字出现在屏幕上，回应卡塔帕诺早先的电话。我让铃声继续，直到播完一曲葛洛丽亚·盖诺的《我将生存》。然而思考耽误了时间，导致我们遭到压制性打击。

一个瓶子从左侧飞来，我躲避不及，被击中头部。伊拉利奥的左腿被高尔夫球杆打到，挥杆者是躲在桌布底下的小瓦莱利奥·马西莫。

保安制服了我们的侍者，夺下他们的武器，然后冲过来，对着我们一顿拳打脚踢，一时间，我们成了这些家伙的拳击袋。

我们已经尽力做到完美，我们羞辱了卡塔帕诺，心中充满自豪。我和同事都没有做任何抵抗。他们胡乱地殴打，而我们心情太愉快，根本没有反应。我俩脸朝下，尽量用胳膊护住身体，像白痴一样笑个不停。他们更加用力击打，试图让我们闭嘴，然而那不管用。他们朝着我俩的脸吐口水，但我们毫不在乎。他们用军靴踩踏我俩，但我们什么都感觉不到，他们辱骂我俩，但我们什么都听不到。不，其实我们能听到救护车向这里驶来，警报声由远而近。不过我们并不在意，因为那不是来接我们的。

四名大猩猩保安把我们扔进越野车。他们不是要停止殴打，只是想找个清静的地方慢慢打，以免被大惊小怪的贵宾们看到。越野车正要从后门离开，却突然吱嘎一声刹住了，我们重重地撞到车的侧壁上。

我抬头望向窗外。前方有三个半裸的姑娘挡在出口处，摆出挑衅的姿态。我不知道她们是谁。也许是救援天使，也许是蒙面复仇者。

我鼻梁被打断，嘴唇开裂，口腔里还有几颗松动的牙齿，此时此刻，我的头脑无法保持清醒。接着，有个声音让我哭了出来。

“你们哪儿也别去，报酬可高了。来吧，姑娘们！”

越野车后门打开了，我们被丢到别墅的地上。我这才注意到，它的名字是“日落托瓦亚尼卡”。

贡熙妲的朋友们留在车里为我们的自由支付余款，她把我和伊拉利奥拖到路边，从手袋里翻出急救包。那是她日常工作中必备的物品。她开始清理我们的伤口。

“别担心，有贡熙妲在。我知道怎样治疗伤口。”

同情在这个年代是稀缺品，你得好好珍惜。很难说伊拉利奥是喝醉了还是太兴奋，反正他仍有力气吆喝。

“唱啊，大声唱！我太喜欢你唱歌了。”

大门另一边，乐队又开始演唱，这一次是《再见，罗马》。

我惊恐地意识到：这一切都是真的。我失去了控制。尽管我依法行事，却打破了所有禁忌。我看着自己覆满鲜血的双手。

我完了。

血怨

规则十六：逃税者一多，就有人仿效。

“带我们回罗马。”

我俩一瘸一拐，花了好久才回到直升机旁。直升机若是已经升空，我们根本爬不上他们扔下来的梯子。就算正常登机也是一种痛苦的折磨。

我们起飞了，从空中俯瞰，夜间灯火通明的公路仿佛巨型荧光蠕虫，蚕食着层层叠叠的沥青，而交通事故中溅出的鲜血也为它提供了滋养。

下方的城市跟先前有所不同。

一轮巨大的红月从黑疙瘩似的奥尔本山后面升起，照亮了夜空。接着，那壮丽的景象仿佛发生了变化，从庞蒂纳和劳伦蒂纳延伸出来的公路迷宫犹如一条盘绕的大蛇，正在绞杀一栋栋建筑与其中的居民。

我的肩膀被踢到脱臼，贡熙妲给我右边的额头重新缝了五针，我的嘴肿胀起来，覆满凝结的血块，口腔里还有两颗松动的牙齿。我甚至可以肯定，肋骨也断了几根。除此之外，我全身布满斑驳的淤青，仿佛豹子的花纹。

然而当我忍着牙龈的疼痛咽下带血的唾液时，心中仍然很有满足感。

贡熙妲坐在前排处理我同事的伤口，视线一刻都不曾离开我，眼神中充满温情。伊拉利奥仍处在酒精作用之下，嘴里轻轻哼唱着里诺·盖塔诺的歌曲。

内阁的官员，宫廷的小丑，
偷鸡摸狗，
超级退休金，
窃国贼，强奸犯，
领袖鼓胀的肚子里
是政治的粮食。
合法的罪犯，

蓝色的小车，

高贵的血统，

蓝色的天，

忧郁的爱，

摇滚与布鲁斯，

你不再歌唱。

他的情况比我更糟，眼睛只剩下两条缝，鼻子在流血，而且紫得像个茄子，胳膊也断了一条。

他不再唱歌，开始说话，似乎是回忆起许多往事。

“我讨厌伤害我的人。我 18 岁离开家……你知道为什么吗？”

从他絮絮叨叨的语气来看，伊拉利奥并不期待别人回答，甚至不像是在和我说话。

“因为我爸老打我。用相机三脚架。所以……所以我对他说：你若再打我，就再也别想见到我了。但他正等着找个借口呢，于是我立刻就消失了。抛下我妈让我感到很难过。她也是受害者，天可怜见。从此以后，我没有父亲。不，我是自己的父亲。我不需要他这种人来教我怎么当父亲。但你知道吗？他让我意识到，不能成为他那样的人。”

卡塔帕诺说到他和艾莫里的盟友关系时，幸好伊拉利奥没留意听，我也不打算告诉他。不是为了他，而是因为他妹妹弥尔娜。假如我同事咽不下这口气，无法忍受自己被当作傻瓜一样操控，就很容易遭到要挟。弥尔娜维持生命所需要的血液和生血能量棒将无法得到供应。如果这条货源突然关闭，伊拉利奥又不能及时找到替代的补给途径，她很快便会在剧烈的痛苦中死亡。先是手脚毛细血管破裂带来的疼痛与失眠，然后是全身痉挛，并伴随着骨髓肿胀。

我发现自己一边凝视着覆满血污的普拉瓦兹针筒，一边面对着真相的深渊沉思。真相总是藏在最深处，只有穿过层层阻碍才能抵达。爱、恨、权术、友谊，莫不如此。

除去感情因素，这支针筒还是一件精美的古董，只有血暴组的工作才配得上。在艾莫里雇用我之前，这支普拉瓦兹对我来说就已经很重要，因为它是我妈在我 8 岁生日那天送的。

当时，我不理解这份礼物的意义。它漂亮诱人，精致而神秘，尤其是还能存纳珍贵的血液。然而作为生日礼物，却显得有点不合时宜。我第一次生病需要打针的时候，我妈坐在我床边。

“艾伦，无论什么事，要做就得做好。这是个适用一切的秘密。等到你学会使用这支针筒，就会明白我的意思。我走了以后，你得自己使用它。”

我不是相信命运的人，然而随着时间的推移，我不得不承认，有些角色是命运预先安排好的。只是我们不明白，拒绝也是一种选项。

我卧病在床期间，曾经两次被赋予某种责任。

如今，透过一些看似微不足道的细节，以及都市传说的传承规律，我意识到，正是艾莫里最先开始含沙射影地散播有关卢西奥·萨吉欧·卡塔帕诺的古怪传闻。艾莫里对卡塔帕诺的税务状况提出疑问，怀疑他多次逃税。艾莫里用调侃的口吻煽动我们，使得大家每次听到他的名字，就会产生各种各样的联想。

现在看起来，这就像袋子里的血浆一样清晰透明。

我正琢磨着，手机响了起来。电话铃声的效果类似于响指，将伊拉利奥从昏昏欲睡的醉酒状态中唤醒。

“不要接，艾伦。咱们得小心点。”

“别担心，伙计。我现在绝不会接。”

等到铃声停止，伊拉利奥的手机又响起来。

该是理清头绪的时候了：卡塔帕诺在内政部。他是艾莫里的内线。征血处成立时，一定是他帮忙搞定许可证。所以这就是他的伎俩，以售卖生血能量棒的许可换取逃避血税的许可。不仅如此，两人还在公开场合互指对方为敌人。卡塔帕诺扮演反派，自称遭到迫害，是社会不公的受害者。但在背后，这反而对他的形象有利。没什么比一点点负面宣传更能增加关注度。在永恒之城，捍卫古老的法定权益似乎是一种道德义务。就是那种埋在书堆里，用拉丁文书写的法律原则，比如无罪预设……我不是开玩笑，有太多强词夺理爱挑刺的家伙，宁可粉身碎骨也要为交托给他们的罪犯辩护。

毫无疑问，一定就是这样。

显然，随着时间的流逝，西拉基－卡塔帕诺联盟由君子协议蜕变为秃鹫协议。为了继续扩大血液衍生品市场，艾莫里肯定会要求他的内线永无止境地提供帮助。这样想来，我现在明白了，为什么圣卡米洛医院的救护车在前往维拉诺公墓或第一门公墓之前，总是匆匆忙忙地在征血处后门停下来提取库存。这里面绝对有政客干预的痕迹。作为回报，他会索要更多，不仅仅是免除血税，可能还要分一块蛋糕，年复一年，直到那块被分走的蛋糕在血原公司账本上占了太高的比例。你可以称其为敲诈，但对艾莫里来说，这只是转嫁负担而已。

事实上，你只需向一个人行贿一次，接下来的问题就只是谈判让你保持沉默的条件。反正在艾莫里和卡塔帕诺之间，很难说是谁敲诈谁。

伊拉利奥像受伤的动物一样，默默地蜷身而坐。

“你的胳膊还能开车吗？”

“可以试试，至少还能动。”

“谢天谢地现在是周日下午。咱们这副模样被人看到可没什么好处。”

圣卡米洛医院楼顶的字母 H 越来越近。没人迎接我们，没人出来祝贺我们终于逮住了卡塔帕诺。其实这是个好兆头。说明艾莫里还没发现我们执行任务的手段。至少今晚不会有人留意我俩曾遭到殴打。

*

周一的早晨，窗户咔嗒作响，我在沙发上醒来。尼古拉占据了卧室，因此我的床由两块垫子拼搭而成。风吹不进屋里，但沙子剐蹭窗户的力度足以剐落墙上的泥灰。

又是古老的非洲尘暴。

贡熙妲躺在我身边，用腿调皮地蹭了蹭我。我的血液又循环起来，除了下面那地方。她也在出汗，有点黏糊糊的。

“我去洗个澡。”

贡熙妲半睁开眼睛，把脑袋钻到枕头底下。

我打开浴室的龙头。三份冷水，一份热水，这样的比例有利于舒缓地苏醒。

我浸入水中，撕裂与刮擦的创口有点刺痛，紧绷的皮肤仿佛在抗议。

我听见脚步声，是贡熙妲的小碎步。她钻进浴室，只穿着一条丁字裤。

“两个人洗地方够吗？”

明知故问。当然是不够，除非一个人躺在另一个身上。由于我没有拒绝，她便脱掉丁字裤，趴到我身上，让那对柔软丰硕的乳房贴近我的脸。

我的血液依然不愿去下面那里，反而涌向相反方向。

贡熙妲在我耳边轻声低语，说些调情的话，然后亲吻我的脖子。“这儿疼吗？”

我摇摇头，她往下滑到我的胸口。

“这儿呢？”

也不疼。最后，她亲吻我的肚子，用舌头挑逗地轻舔。她用指甲抓挠我的体侧。

“这里呢？”

“哦对，这里……”

我握住她的双手，用一根指头托起她的下巴。

“尼古拉在隔壁睡觉……”

“在这样的暴风天气？慢慢来，那孩子听不见。”

“哦，贡熙妲，很抱歉，但我刚刚好起来一点点。我待会得去艾莫里那儿。”她抬起上身，嗤之以鼻，眼中甚至闪过一丝恼怒。

“艾伦！看来是真的……瑟希莉亚说得没错，你总是心不在焉，老是想着工作。”

要是贡熙妲知道关于安妮莎的真相，她会更加尊重我。要是贡熙妲知道关于安妮莎的全部真相，同样的尊重会让她对我更加疏远。

贡熙妲怒冲冲地跨出浴缸，重新穿上丁字裤。她沿着走廊走回去，把水滴得到处都是。尼古拉看到她半裸地经过。我从浴缸边缘探出脑袋。尼古拉看着她臀部的两个硕大半球，脸上依然是半梦半醒的表情。我希望自己也能做到。

“你过来一下……”

他打了个哈欠，揉揉眼睛，以消除睡意。

“怎么，刮风了？”

“啊，看来你不戴耳机还是能听得见的……对，好像真是刮风了。尼古拉，我等一下要出去。你要是想搭便车就赶紧起床穿衣服，我把你带到地铁站，你自己去学校。”

“然后呢，咱们还在地铁站碰头？”

我爬出浴缸，尼古拉递来我的浴袍。

“不，然后你得自己回家，乖乖听贡熙妲的话。反正她照顾你比对我还要好。相信我。”

他嘴角微微翘起，露出一丝窃笑。他正要转身离开，却想起一件事。

“听我说，艾伦……昨天我收到社工的电邮。你还记得吗？球场里遇到的女人。”

我当然记得。她一定还在为我对待她的方式生气。

“那丑女人怎么说？”

“她说她明天要带一大堆各种各样的签名文件去监狱找我妈，然后上法庭。”哦，糟糕。我只有 24 小时。

我穿上衣服，打开手机。一共有八个未接来电，全都来自同一人。

屠场

规则十七：最大的捐助往往来自意想不到之处。

我打算晚上再去新克洛卡，部分是因为跟牙医约在了四点整。我的一颗犬齿裂了，只能拔掉。门牙的情况也不太妙，但应该可以保住。

虽然才星期一，但据说艾莫里在办公室不停地来回踱步。没人知道他待在里面有多久了。无须天才也猜得出，他书桌前的地板上一定被踩出了一条沟。你也许会觉得他来回踱步是为了抑制怒火，但他根本没打算冷静下来，至少要先把一大堆指责倾泻到我头上再说。

“啊！你来了！终于有勇气冒头了？……我给你打了两天

电话。”

我扶着胳膊一瘸一拐地朝他走去。

“我的状况不太好。我得去治一下嘴巴。你朋友卡塔帕诺的保安跟我玩得可尽兴了。”

“那就赶紧闭上你的臭嘴！你比一星期前还要糟，越来越像一块煮烂的黑布丁。”

我闭上嘴，心中暗想，不知他是否在试探我，看看值不值得放贷，替我支付安妮莎的保释金。听他的口气，现在也许不是提这件事的最佳时机。不过要知道，就艾莫里来说，不管什么时候都不是好时机。

艾莫里眯缝起眼睛看着我。假如要用我的血为他铺路肥田，维持权力，他丝毫都不会犹豫。

“你们怎么就不明白呢？我派你们去卡塔帕诺的聚会，还提供了公务直升机，让你们看起来面子十足。这简直跟从石头里抽血差不多。然而你们竟这样报答我。”

“这是个误会，你要我们传达的信息——”

“这不是我要你们传达的信息，蠢货！你们应该威吓他一下，却差点要了他的命。”

我的道歉很隐晦，但我仍不太确定是否真应该道歉。艾莫里把我拖入灰色交易，甚至连预警都没给。事实上，为了利用我，他故意把我蒙在鼓里。

“我怎么知道？你从没解释——”

“闭嘴！谢天谢地，虽然你不信上帝，但卡塔帕诺还活着，你们俩也还活着。”

他在口袋里一阵翻找，什么都没摸出来，然后又挨个打开书桌的抽屉，最后翻出一包烟。在我记忆中，他从不抽烟。这次的事一定真的很棘手。艾莫里的烟不知是什么牌子，色泽深暗，过滤嘴红得仿佛是由鲜血制成。他用芝宝打火机点燃一支烟，深深吸了一口，然后从鼻腔里喷出来，活像一条龙。

“那不正是你想要的吗？”

他愤怒地瞪着我。

“想要你妈！无数目击者都看到你对他干了什么。假如你还不明白，我再解释一下：我是个生意人，而你是我最得力的手下之一，也是血原公司的顶级吸血鬼，惹出这样的事真的让人很恼火。”

事态很严重，这一点我同意，而且不仅仅关系到他的生意。

“你这么生气我猜是因为我从血原公司底层一路爬上来，得益于你的训练与帮助，而我却不负责任地对一名逃税惯犯下了重手？也许是我对命令有误解？”

我知道他无法抵抗诱惑，一定会狠狠责骂我。我可以从他脸

上看出来。这就是他的盘算:

对我一顿臭骂;

然后勉勉强强接受我对局面失控的解释;

利用暂时的优势逼迫我在不久的将来做出补偿。

“我叫你闭嘴!”

出乎我的意料,艾莫里沉默下来。他的沉默意味深长,似乎是要让我回头自省那无法原谅的错误。

我所了解的艾莫里不相信笨拙的借口。我所了解的艾莫里狡诈而残酷。他甚至不用碰你,就能把你打垮。他能像电脑棋手一样预测你的每一步,预测你从头到尾每一个愚蠢的决定,然后利用你的错误和犹豫取得最终胜利。卡塔帕诺也一样,他俩完全是一路货色。所以他俩不可能真正开战,只是装模作样而已。他们以策划诡计为乐,最多也就是拿我们当棋子互相攻击。

艾莫里阴郁地看着我。他忽然叹了口气,把烟头掐灭在一个红细胞形状的烟灰缸里。

他似乎对我不是很有信心。

他的手机一阵震动,他看了看号码才接起来。“喂?”

他的镇静让我意识到,这里面一定有某种秘密交易,用他的话来讲,就是生意。

他又点起一支烟。他身后的架子上整齐地排列着许多小瓶,其中装有处于不同分解阶段的血液。这是我们从前的样本集。他站起身，逐一查看那些小瓶，仿佛是在暗示，无论愿不愿意，我们最终都将成为样品，所以还不如尽量努力干活。

他放下电话。

“艾伦，你的运气又来了。”

他的语气变得较为柔和，但我完全没有感觉好受一点。当他说出这种话时，我的血往往会变得冰凉。

“我给你一个机会，弥补你搞出的烂摊子。圣安德烈医院发生屠杀事件。食物整合主义疯子又出动了……他们在罗马销声匿迹了一阵子，这也是管制松弛的迹象之一。但现在有大量血液可供采集。这一次他们感兴趣的是脂肪，不是血。就算本地所有的血暴组都出现在现场，不管有没有授权，我都不会感到惊讶。我敢打赌，你那个狡猾贪婪的朋友法利德，绝不会让这种大捞油水的机会从指间溜走。”

艾莫里稍稍停顿，喘一口气。圣安德烈医院位于罗马北部，是“维京人”的辖区。对我来说，这差不多等于另一个国家。

“要知道，我一直在琢磨你上周说的事。你要是真这么喜欢那个逃税者，可以用法利德的脑袋交换她的保释令，哦，再加五箱血，我就和你成交。”

所有这些消息都无法让我振奋起来，反而使我陷入严重的焦躁。我只能用一声闷哼表达对艾莫里的感激。当我再次站起身时，他又开口了，就像往常一样，来个锦上添花。

“啊，对了，还有一件事。关于卡塔帕诺的烂摊子，我需要你再多缴十箱血，那咱们就算扯平了。我也许可以想想办法，洗刷一下你的名声。”

我必须拼命干活才有可能完成这样的交易。这甚至不能算是交易，而是纯粹的勒索。我给伊拉利奥发了条短信，让他 40 分钟后到格罗塔罗萨街的出口处等我。我有种感觉，艾莫里把我推入黑暗的深渊其实是救了我。

*

四级沙尘暴产生的噪声震耳欲聋，环城公路上的侧风令汽车左摇右晃，摩托车则被吹离行驶方向，仿佛树上的叶片，哪怕重型摩托也不例外。至少没下雨，不然更糟。至少现在还没下。

我把税警车停在医院的土路上。天空黑沉沉的，飘浮着暗黄色的条状云。我几乎看不清前方口水能啐到的距离。

伊拉利奥按着喇叭宣告他的到来，然后把车停下。他钻进我的车里，脖子上的矫形圈让他只能看着正前方。

“什么也别说，可以吗？我知道自己看起来很可笑，所以就别提了行吗？”

“行，没错，你以为我的状况比较好？”

我张开嘴凑过去，让他看我那饱受摧残的口腔。我俩忍着痛大笑起来。

“你意识到了吧，这礼拜你已经逃过两次死劫了？”

“而现在才礼拜一……快点，不然就晚了。”

我们从税警车后备厢里找出一条血原公司的沙滩毛巾，裹到脑袋上作为防护，然后艰难地步入风沙之中。广播刚刚证实，大屠杀发生时，医院里共有 560 人，包括病人和医护职员。

我们在警卫室稍作停留，躲避狂风。我呼叫其他吸血鬼级成员，团队合作总是成效卓著。

“你们要是看到法利德，告诉我他的位置。”

他们全都表示认可。没有人看到他。

“该死的艾莫里，我现在感觉比乞丐强不了多少。”伊拉利奥模仿武术动作比画了两下。“我要在他的要害处踢上两脚，我发誓。艾伦……他也让你有同样的感受吗，艾伦？”

可惜他只是从电视上的成龙电影里学了几招假模假样的拳脚功夫。伊拉利奥试图踢出一记回旋腿，中途脚下一滑，一屁股坐到地上。

“不，要不是因为他，我大概得接受 20 年治疗。你想让我怎么说？我最多也就只能找个更好的自杀方式吧。”

我伸手把他拉起来，然后继续前进。空气中充满血肉的味道，人类的血肉。我和伊拉利奥各自比了个驱除噩运的手势。

艾莫里给我们的任务是从数百具尸体上抽血。永恒之城里尊重生命的人本来就不多，可以想象，他们会如何对待死者。

门口的坡道上到处是人的躯体，有的已经四分五裂，有的仍在挣扎，伸手乞求我们的帮助。他们的呻吟、哀求和低声咒骂响成一片，仿佛是一种诅咒。我很庆幸我们不是护士。

蓝制服的家伙组成一道警戒线，以阻挡“好奇的围观者”。看见我们的红制服，他们就像碎裂的西瓜一样向两边分开，让我们通过。

“艾伦，你真那么确定？我的意思是，你明白在监狱里待一年会让你变得多虚弱吗？”

“别再叽叽歪歪的……也许用不到一年。大家都知道天皇后监狱里是什么情况。你真以为他们跟咱们一样高效？就像我跟你说的，这是原则问题。你心里还有一点点荣誉感吗？”

我卷了一支烟，然后把它点燃。吸第一口就让我胃口大开，再往后滋味更佳。

“我明白了。你觉得咱们能靠老办法，用笑气对付法利德那混蛋吗？我是说真的……这能让安妮莎马上出来。就像这样。”

伊拉利奥打了个响指。

“一年……就像这样。所谓‘弹指之间’，对不对？你明白我意思吗，兄弟？”

我没理会他。我们穿过门厅，大堂天花板上溅满缓缓流淌的鲜血，犹如一颗颗红色的流星。接着，一股尿臭向我们袭来，并伴有烤熟的内脏和烧焦的脂肪的味道。这些气味一下子灌进肺里，令我们无处可逃。

轮椅全都堆放在一边。

遇到这种情况有个小窍门：往墙上撒一点粗面粉，然后用海绵蘸着冷水便可以把血迹擦掉。对沙发和床垫同样有效。

溅到地上的血非常滑，就像踩到黏稠的果冻，甚至是黄油片。

“你估计有多少尸体？”

“500……不过看样子他们还不算是尸体。伊拉利奥，你读过手册吗，嗯？”

“好吧，假如你坚持要找没心跳的捐血者。不过对我来说，他们跟死人没区别。”

“行吧，反正他们很快就会凉透。”

那许多肥胖的躯体诉说着一个悲伤的故事：他们来圣安德烈医院减肥，心中充满幻想与决心，他们相信，只要移除大块的脂肪，就能解决生活中的问题。然而减掉的脂肪越多，就越容易饥饿，于是他们长出更多肥膘：这是一种恶性循环，从嘴巴到钱包，再到血税局膨胀的库存。远处有声响。

“嘘——你听到了吗？”

伊拉利奥确认了我的怀疑。想象力好像帮了我们一把。楼上的地板吱嘎作响，似乎是有人穿着胶鞋时走时停。

“那儿，那儿，还有那儿。”

我一边低语，一边指向不同的方位。

现在我明白为什么艾莫里把我派来此处。这片位于城北的住宅区跟我的地盘完全不沾边，我甚至都叫不出这地方的名字，我在此处毫无影响力，只是许许多多普通人中的一员。我想到一句话：“越过此线，后果自负。”

“减肥病房”附近分布着许多尸体，有的倒在沙发上，浸泡在黏稠的血液中，还有一部分人死去时仍然挂着抽血管。我们经常踩到骨头，发出喀嚓喀嚓的碎裂声，有暴露位置的风险。幸亏窗外的风声更响，呼啸的沙暴完全盖过了我们发出的各种杂音。

“哦，艾伦，说说看，有生之年你想干些什么？”

我正在查看是否还有因竞争者的疏忽而漏掉的血液，却闻到一股气味，像是肠道里泄出的气体。对，我知道，很让人反胃。

“我希望自己尽早退出这份工作。”

“我想住迦巴特拉堡……就是老议会厅那里，从前非常宏伟。”

此处也有老年人，我的鼻黏膜从远处就能闻到陈腐的气味。我们从不考虑抽他们的血，那就像是把掺水的劣酒卖给扶轮社[①]的活动。不过法利德没有任何顾忌，他会把他们的血也抽干。他的职业生涯刚刚进入新阶段，而我很想立刻把它掐掉。

我们又绕过一片人体障碍，我突然意识到：我和安妮莎有着同样的病态执念，只不过出发点截然相反。称其为“血之共鸣”也许有助于理解。我从临死的人身上抽血，帮助他们解脱（我指的是血液不发生变质的 10 小时内），安妮莎的爱好则是把自己的血捐给濒死者，试图阻止死亡。现在你倒说说看，我俩哪里不般配。

我们在心血管科病房的尽头拐了个弯，进入整形外科。有人挥舞胳膊跟我们打招呼，原来是长着一张马脸的马基奥。他示意我们过去。他用手和胳膊比画了几下，表示一楼的血已被抽完。这能说得通：食物整合主义者一离开，血暴组立刻就涌进来抽血了。

“角斗士”告诉我们，他的团队正要去二楼。

“伊拉利奥，这边，咱们走别的楼梯……”

二楼的所有血管也彻底“枯竭”了。不过这里的尸体上有划痕，每个人天生自带的那五六升血液库存都不见了。看切口的模

---

① 扶轮社是依循国际扶轮的规章所成立的地区性社会团体，以增进职业交流及提供社会服务为宗旨。

样，应该是法利德的杰作，符合他从前文身师的手法。

三楼的情况有点复杂。

“维京人”脸上挂着得意的微笑，在他身后，“小不点”和“狮心王”兴奋无比地推着一张滚轮床，上面堆满了血袋。

北罗马分队满载而归。我们别无选择，只能捡些挑剩下的。

“维京人”腰带上的对讲机响了，传来“短一截”犹豫不决的声音：“那混蛋在五楼出现了。重复，那混蛋出现了。”

“维京人”手扶头盔，向我们行了个礼。他有这个绰号是因为小时候总是喜欢在聚会时穿戴镶有翅膀的鞋子和头盔，装扮成北欧雷神托尔。

其实那不是普通头盔，而是防暴警察的装备，上面画了一对翅膀。

我们继续往上爬，然后闻到一股腐烂的气味。确切来说，那味道就像是挂了一段时间的肉。如果说这不是单纯的屠杀，而是大规模“脂肪灭绝”，我猜大概也不算错。

“伊拉利奥，戴上面罩。”

“我刚戴上……”

走廊的照明灯上挂着许多扭曲而黏滑的人类尸体。这些病人被剥掉了皮，有的仍在抽搐，那是裸露的神经所产生的生理反应。食物整合主义者将半颗柠檬塞进他们嘴里，他们的脚上渗出油腻腻的液体，大量融化的脂肪滴落到地板上，汇聚成一条条溪流。

不仅如此，空气中满是血腥和小便失禁的气味。除了面罩里自己沉重的呼吸声，我们什么都听不到。

我们翻过肿瘤科附近的一道矮墙。伊拉利奥如同蝙蝠一般蹲伏于楼顶过道上，在他的掩护下，我跳落至下方地面。问题是，我落地不稳，滑倒在一摊血水里。当我站起身时，感觉有一支针抵着咽喉。忽然间，我几乎无法呼吸。

“放下袋子，艾伦。动作慢一点。放到地上，伙计。”这是我和法利德之间的问题。

注入真相

规则十八：逃避只能使人沉默，坦白才可以获得自由。

“我要离开这儿！听到了吗？”

法利德从背后偷袭我，依然保持懦夫本色。我看不到他，但我们靠得很近，几乎抱在一起，我听见一种对血暴组成员来说十分美妙的声音。那贪婪的寄生虫身上背了一大堆血袋，就像个随时会自爆的恐怖分子。

“所以你的菲律宾炸香蕉片朋友呢，嗯？他们抛弃你了？还是不敢跟你一起来，嗯？”

他在我耳边低语道：“我不需要他们。我一个人就绰绰有余。”

接下来的一句话说明他真的很恼火，因为没人能够回答。“假如你们不想我当场放干他的血，就让我离开，明白吗？”

我的喉管里发出一阵喘息。法利德割开我的咽喉，就像阿拉伯人的行刑方式。我从他紧咬的牙齿缝里听到他的祈祷。“安拉原谅我……”

我下巴底下出现一道裂缝，渗出红色血滴，仿佛一张绽出恐怖微笑的嘴。“想一想吧，你们这些嗜血狂……他还剩多少时间？”

法利德把我的脑袋往后掰，展示出撕裂的喉咙，也将伤口扯得更大。我的血小板早已大规模出动，我知道这一过程是无法阻止的。迅速凝结的血块构成一道障碍，阻止血液渗出，然而我体内的凝血防御机制仍不够强。法利德虽然混蛋，但实践经验丰富。以目前的血流速度，我 20 分钟内就会失血而死。我的身体机能已经大不如前。

法利德在口袋里翻找。他等不及 20 分钟。

“不用等，这能加快速度。”

他用牙齿撕开一袋抗凝血剂，泼到我咽喉处，仿佛火上浇油。

“赞美安拉……”

他念诵了一段不知所云的晚祷词。

血小板在凝血剂的冲刷之下溶解崩溃，屏障消失之后，血流更是加快速度离开我的躯体。此刻我仍很清醒，但随着体液的流失，肾上腺素很快就会消退，然后我将失去知觉。

在矮墙的阴影中，我隐约可以分辨出伊拉利奥那簇可笑的头发。我朝他眨了三下眼，期望他能理解我的意思。我的同事点点头。幸好绑架我的家伙没注意到这番交流。

法利德把我当作人盾，因此伊拉利奥打开一袋血，算准轨迹抛出去，尽数洒到那混蛋脑袋上。接着，他像猫一样跃起，扑向法利德。我乘机挣脱出来，手脚并用，沿着地板尽量往后退，直到撞上“角斗士”的金属义肢。他也是刚刚来到这一层。

从这个角度，我终于能看清法利德。这愚蠢的莽夫戴着典型的巴基斯坦煎饼帽，下身穿一条军装裤，上身赤裸，露出监狱里的文身。其中最显眼的是阿拉伯语“伟大的安拉”，横跨在他胸前。

他试图抹干净自己的脸，却只是将手心里的汗水沾到面颊上，稀释了那里的血水。他就像一只不停用腿搓脑袋的大苍蝇。

此刻，伊拉利奥和法利德挥舞着针筒，以血暴组的方式展开搏斗。他们安上用于肉搏的 7 号针头，俗称“吸管”，可刺穿耳膜。为确保伤害力够强，他们将针头在粗糙的墙面上蹭刮磨砺。

马基奥递给我一瓶水，让我稍许清理一下。我喝了一口，但水没能进入喉管，而是从裂开的伤口滴了出来。

法利德在权力的幻觉中挥舞着双臂。那狂妄的混蛋全力扑向伊拉利奥，仿佛是要抽他的血。伊拉利奥毫不退缩，双手摆在身侧，以防御姿态挑衅法利德。

我感觉像在观赏著名西部片《正午》的重新演绎，这场戏或许可以叫作“黑血之战”。

法利德的突刺未能命中，但回撤后立刻再次发动进攻，击打对手肋骨。伊拉利奥倒地时奋力击中法利德腿部，两人一起发出胜利与痛苦的号叫。

“闭上你的臭嘴！”

法利德喊道。他扔下针筒，扯住伊拉利奥长长的舌头。他动作太快，我一时间都没意识到是怎么回事。如果伊拉利奥敢咬下去，就会咬断自己的舌头，因此他进退两难，被那叛徒拖到了楼梯口。

“终于！你终于闭上了嘴。真受不了你的唠叨，太可恶了。”伊拉利奥处境尴尬，但我的咽喉也没好到哪里去。

我用衣领尽可能堵住从弯月形伤口中滴出的鲜血，而与此同时，我发现马基奥一点也没帮忙。真见鬼，他一动不动地站在原地欣赏两个针筒狂人搏斗。

接着，我的征血队同僚做出一个疯狂举动，远超平时的表现，甚至达到吸血鬼级水准，连法利德都永远不会料到。伊拉利奥用力咬断了自己的舌头。一截舌头软趴趴地从他嘴里滑落，仿佛扭动的蠕虫。接着，他猛踹法利德的小腿，踢得他滚下楼梯。血水与唾液从伊拉利奥的唇间滴落，他疯狂地扑向法利德。

“我想豁（说）就豁（说）……”

一比零，伊拉利奥得到代价昂贵的一分。

法利德仰卧在地上，将针筒掷向对手，企图减缓他的速度，以争取时间恢复站姿。但他没能命中目标，反而遭到伊拉利奥的反制。

第二回合：一记力度足以碎骨的猛击，然后是针筒在地上弹跳滚动的声响。

伊拉利奥左右开弓，不断击打法利德。疼痛令他的大脑混沌不清，他力图输出更多痛苦。盛怒之下，他的表现还算不错。

法利德一推地面，滚向一侧，然后像跳霹雳舞一样转了个圈，牙齿咬向伊拉利奥裸露的小腿肌肉。他咬得太狠，我的同事一个踉跄，被迫将重心换到另一只脚，以免摔倒。

伊拉利奥像风车一样拼命挥舞手臂，滑稽而夸张地模仿李小龙的招式。他飞起双腿，踢向法利德面门，这一次没摔倒，因为他牢牢抱住了楼梯扶手。他仍戴着矫形圈，因此血压容易飙升，出手也更重。

一顿拳脚下来，法利德倒在泥尘和血污之中，伊拉利奥拽着对手的外套，把他拖上楼梯，丢到我面前，仿佛复活节献祭的羔羊。

他解开衬衫扣子，从胸口掏出一个特百惠盒盖。正是这东西减轻了法利德对他肋骨的打击，让他获得最初那一点点宝贵的优势。

法利德·塞德夫浑身血污地瘫倒在地上，身后留下一串凝结的血迹。这很有象征意义。

像他这种人，不管是虚张声势，还是志在必得，反正再怎么折腾也无法战胜我。哪怕他用尽一切办法，依靠卑劣的欺骗手段，以众欺少，背后偷袭，最终也只是徒劳。团队合作每次都能胜出。到最后，他只有孤身一人，而我得到了所有吸血鬼级成员的支持。他这种人是行业的耻辱，我才不管他是阿拉伯人、意大利人还是菲律宾人。他满嘴鼓吹垃圾理论，行为则更加离谱，活该自作自受。

伊拉利奥手握针筒，针头上微微闪着红光，他的脸上布满淤青和肿胀，脚下摇摇晃晃，站立不稳，而且不停地喘气，就像一条被关在闷热汽车里的拉布拉多犬。

“介（这）蠢货没救额（了）。”

马基奥这才弯下腰帮助我，递来一块纱布。他的腿吱嘎作响。

“你还有水吗？”

我把水瓶递回去，但它从我手中滑落，垂直地立在地面上。

“你可真行啊，艾伦。总是能惹出同样的麻烦！”

“什么意思？”

当他捡起瓶子时，我头脑中出现一个似曾相识的恐怖场景。

“我一直很喜欢你。你是那种能够日复一日打破命运的人。你的命运很古怪，你曾经被击败，被伤害，被碾压，被践踏……你一次次跌倒，又一次次站起来。我不得不佩服你。你是个斗士，以自己特有的方式战斗……”

“你就站在那儿发呆，为什么不帮我们一把？”

马基奥一动不动，就像没听到似的。他接着刚才的话继续说下去，仿佛是无始无终的独白。

“你愚蠢的行为几乎让自己失血而死……忘了中东的事吗？”

没错，就是那似曾相识的场景。水瓶，女童兵，子弹。都是我的错，我已为此付出代价，如果说不是用眼泪，那就是用鲜血。

“你知道些什么？”

马基奥当年就留着长胡子，不过还不像现在这样雪白。我从没向人说过这件丑事。但众所周知，丑闻和谎言总是像野火一样传播。

“艾伦，艾伦……这些年来，我一直搞不明白，你究竟是愤世嫉俗还是理想主义。我猜你一定是个天真的笨蛋，只相信自己能理解的事。你有没有想过，为什么我们的装备中从来都没有水？你有没有问过自己，为什么我们在执行任务时总是那么口渴？”

哦，我的蠢脑瓜。现在我明白了，愚弄我的不是事实，而是我解读事实的方式。

马基奥看了看时间。他的手机屏幕上有个倒计时，这其实不太对劲。从法利德割开我喉咙的那一刻起，他就启动了倒计时，那上面的数值表示我还能活多久。常年给自己抽血的经验让我得以保持清醒，不至于失去意识。

“我们都被当作白痴，朋友……”

那瓶水是招募我们的诱饵，它让我们负伤，让我们欠下艾莫里血债，让我们心甘情愿地转型为血暴组成员。艾莫里希望我们康复之后感觉在道义上欠他的情，成为一队忠心耿耿的血猎犬。

“我本不该让你活着离开这里。”又一个谜解开了。很明显，不是吗？大鱼吃小鱼，每个人都处在食物链中，可惜你永远不知道自己上方那一环是谁。

“但咱们可以换一种方式解决问题，没人需要承受太多痛苦。”

“说吧。”

“脱离他。”

“谁？”

“谁？什么意思？你还不明白吗？他是个该死的寄生虫。他用无形的爪子扼住我们喉咙，随心所欲地收紧束缚。只要你一直遵从他的指示，表现出一定勇气，他就把你留在身边，然而一旦你犯错，他便会把你踢走……”

“显而易见，完美的系统。我明白这种机制。你也是在替他传达信息。”

“见鬼，艾伦，你我一起经历了那么多，你不需要我解释这些东西。”

“角斗士”轻蔑地看了看法利德，那家伙依然昏迷不醒。他是“角斗士”举荐的，不算是徒弟，但也差不太远。

“对，不需要。这是卡塔帕诺的错。我早知道他会让我惹上麻烦。”

“我再说一遍，艾伦，最后一遍，脱离他。”

“角斗士”戴上手套，打开一小瓶“冰凝剂”，这比血浆的凝血效果强一百倍。他弯下腰，在我的胳膊上绑扎止血带，然后将那药剂灌进一次性针筒，注入我的血管。

“很棒的建议，谢谢……”

以我接近昏迷的状态，“冰凝剂”就好比美味佳肴。

我不知道他的这一举动算是渎职还是出于怜悯。事实上，这是今天唯一的一件好事。

为避免误会，马基奥丢下针筒和手套。

我继续倚在墙上。假如我告诉马基奥，卡塔帕诺已经坦白其双面交易，他大概不会让我活下来。我的意思是，马基奥没有向我透露他的秘密身份。有时候，他连续好几天都不来征血处，就像消失了一样，但他从不说去了哪里。只要“魅影”依然存在，那就意味着对面的阵营仍未消亡。我也不会随便揭人老底，让老朋友“角斗士”难堪。

所以这一次，没有摆上台面明说的事比真正说出口的更重要。

最后，我攒足力气站起来。“冰凝剂”的效果立竿见影，简直像是奇迹，令人难以置信。

伊拉利奥在检查嘴里剩余的舌头。“能拿什么尽量拿，咱们赶紧离开这儿。我今天已经受够了。”

“好，不过我要先找斜（舌）尖。我刚看见寨（在）那里。”

当最后一具肥胖的尸体被抽干，屠宰场下脚料的气味将在圣安德烈医院徘徊多年。

结局

规则十九：鲜血在星光下依然闪亮。

在我信以为真的那一切背后，在激励我坚持不懈的那一切背后，有个可怕的谎言一直不断滋长。如今，我站在艾莫里的别墅前，思考他对我的意义。就好像我的血液循环系统在某种强烈欲望的催促下，意图摆脱经年累月积攒的毒素。

经过 5 134 天的血税征集，假如必须从此销声匿迹，我不想欠任何人的债。我不欠马基奥，因为我可以为了自保而向艾莫里出卖他，也可以把一切都告诉那些伪新闻栏目，从中牟取暴利。我也不欠艾莫里，尽管我以前不这么想。

当我和伊拉利奥来到西拉基宅邸大门口时，已经是深夜。

风暴没有减弱的迹象。它就像个锅盖，让永恒之城加速沸腾。泛黄的沙尘和垃圾碎屑团团打转，沿着亚壁古道形成一股股小气旋。风从高悬的电线之间穿过，奏出阴森古怪的旋律。艾莫里隔壁的别墅外墙在沙尘的侵袭下开始呈现出棕灰色。

花园里的狗群发出嚎叫，尖尖的口鼻仿佛豺狼。假如再有护城河里的龙和窗台上的秃鹰，那简直是完美的“血地精”巢穴。

我俩的模样都很不堪，身上沾的血比体内还多，但摄像头一认出我们，大门便立即打开了。

艾莫里的宅邸彰显出他的捷克斯洛伐克血统。这栋建筑布满高耸的尖顶和金属球面，在雨水的侵蚀下泛出铜绿色。根据天气状况不同，其色调在煤灰色和罗马凝灰岩的月白色之间变换。此刻，它呈砖红色。

狗群狂吠着奔来，然后被我们吓到了，停下脚步嗷嗷地低吼。我们身上的死亡气息太过浓重，它们甚至不敢靠近攻击。假如伊拉利奥的舌头还在，他可能会说：“连狗都不爱理……”

我们手上捧着一大摞采集到的血液，碎石地面被踩得吱嘎作响，仿佛玻璃碎裂。艾莫里看到我之后，既没有显得太阴郁，也不是很愉快。他的演技不错。他派“角斗士”来干掉我，但看到我还活着，他也没流露出惊讶的神情。

“首先，请告诉我，你们顶着沙尘暴来到这里，一定有很充分的理由。其次，你们看上去很恶心。第三，我给你们三十秒时间说明来意，然后就给我消失。”

我们多半是打断了他跟某个贫血美女的注射活动。

我朝他走去，踩脏了门口的地面。我的体内有个疯子蠢蠢欲动。我很想用脑袋撞他的鼻子，就为了把它矫直一点，你能理解吧？但我没那么干，而是在距离他一米远处昂起头，用食指指着他的胸口。

“不，你先告诉我，你为什么选我？”

艾莫里瞪着我脖子上的第二张嘴，那血痂跟我的制服颜色一致。接着，他一龇牙，露出狞笑。搁在普通人脸上，这也许只是个油滑的奸笑。

“你也想碰碰运气？大竞技场以南最好的血暴组成员感觉受了委屈？”

他开始吹捧我，但我不上当。每当艾莫里用上揶揄的语气，我心里就会敲响警钟。

“这跟运气没关系。我剩下的那点运气早就用光了。”

门口有个姑娘探头张望，体态健美，犹如一头黑豹，身材仿佛雕像一般匀称，胸前的两只大甜瓜足以喂饱永恒之城的所有居民。

“艾莫里，亲爱的，出什么事了？回屋里来吧，外面有风暴……”

他连头也不回，只是神经质地挥了挥手，示意她回去。“回房间去！等处理完这两个人的事，我要让你后悔跑到外面来。”

黑豹女很泄气，噘着嘴消失了。

“艾伦，听着……这是我作为朋友给你的建议。别试图逆流而行，尤其是这条河属于我。你记得血暴组的第一条规则吗？心脏是输出血液的器官，而不是输出情感。”

伊拉利奥一言不发；就我所知，艾莫里是唯一对他有“静音”效果的人。不过即使我的同事想补充什么，以他嘴巴的现状，也帮不上忙。

“你以为呢？我衣冠楚楚地从圣安德烈屠杀现场返回，继续全心全意为血原公司效力，仿佛什么都没发生过？”

他抱起双臂，恶狠狠地看着我俩，逼得我们朝着风沙倒退一步。

“你想逞英雄？相信我，你最好继续充当血税局的士卒，可以省点麻烦。因为追逐辉煌的理想而伤心真的不值得。为了那个马利萨诺，你搞出一场风波，然后又向法利德寻仇，最后在卡塔帕诺的宾客面前大闹一场。听我说，艾伦……你最好跟其他人的价值观和行事惯例保持一致。罗马对脱帽行礼的人总是很慷慨。”

“你是指溜须拍马的人吧……”

“那是你的主观臆断。我相信，血液意味着生命，它是富余还是稀缺，决定了一个国家的前途，意大利也不例外。”

又是他的老生常谈。但这一次，我带着伤残的同事来到他家，自己喉咙上也有一道口子，我不是来听他谈论道德问题的。

“意大利一直是个例外。我们的国家建立在例外之上：例外的规则，例外的工作，例外的权利，例外的职责。这地方特别擅长例外中的例外。”

“我们编造了多少故事，当作失败的托词……我敢打赌，你现在打算装糊涂，假装不明白为什么自己会受伤，为什么会哭喊着乞求救助。”

我任由他喋喋不休，此刻我最想做的，就是跳进那灰色花岗岩砌成的水池，把自己清洗干净。艾莫里在花园里造了个喷泉，跟法尔内塞广场的一模一样。反正我早就料到他会扯一些洗脑的废话。我已经习惯了，就像一台毫无内疚的“废话屏蔽机”。

“别说了，艾莫里。我知道你招募我们的手段。‘角斗士’跟我讲了那瓶水的把戏。”

我必须很小心，因为跟艾莫里交谈就像是穿越雷区，但另一方面，我已经不在乎前因后果。永恒之城的运作似乎自有一套独特而古怪的逻辑，仿佛恐怖的过山车，仿佛充斥着卑鄙与丑恶的旋转木马。终有一天，我们都要从那上面下来。

不知道艾莫里还会以何种方式倾泻对我的愤恨。他想除掉我，第一次失败之后，他打算如何报复？为了复仇，他会不会命令所有血暴组分队一起对付我？毕竟在他看来，我应该永远对他心存感激，而我违背了这一期待。或者，他会不会让我无法在意大利的任何一个征血处工作？他只需跟所有管理人员打个招呼，我就会被列入黑名单，永远不得翻身。

艾莫里对我怒目而视，咬牙切齿，然后，当他再度张开嘴时，仿佛一只邪恶的蜘蛛，用种种论点与论据钩织出一张繁复而牢固的网。

“马基奥？‘角斗士’坡里尼？你的小破脑袋……抽血也许有点痛，但比活在一个没有血的世界里要强。拒绝向政府献血，会让国家走向消亡。用你的脑子想一想，艾伦……马基奥是个屠夫，他只是想消除竞争而已。你真以为他在乎你？你真以为他相信真诚的兄弟情谊？千万别信，他只是为自己，他只想赚得更多，只想找机会从你的纳税人血管里抽血。”

但据我所知，他一直很成功。我意识到自己比艾莫里知道得更多，心中暗暗发笑。我的内心深处有一种淡淡的愉悦，十分满足。我又想到了安妮莎，有时候，你需要一点点狂热，有意识地引导命运的走向，哪怕那并不是你想要的命运。也许在走向最终命运之前，存在某种中间状态，某种临时中转站。反正现在还不是终点。

我和伊拉利奥都各自把 MT67F 放到地上。

狗群围着它们打转，兴奋地嗅来嗅去。

“这是我们搞到的。”

“你一定是疯了。你以为这区区四箱货就能抵得过保释金？卡塔帕诺的血怎么办？我没空跟你废话。如果你真那么聪明，自己去把它们卖了吧。”

“为这区区四箱货，我们已经拼了命。伊拉利奥还丢掉半截舌头。”

艾莫里一言不发。这事没法解决。双方的计划都失败了：我想为安妮莎筹集保释金，并挽回在上司面前的形象；他则试图把我干掉，以安抚遭到暴力抽血的卡塔帕诺。

“那好吧，保释金就不要了。但我不欠你的。永远都不欠。别担心……其实我会让伊拉利奥留下接替我。这是他应得的奖励。他是一名优秀的飞蝠级成员，一晚上能采集 48 袋血。我可以真心诚意地说，徒弟已经超过了师傅。考虑到他还把我从法利德手中救了下来，我推荐他成为吸血鬼级成员，替代我的位置。”

这看起来似乎有点荒谬，但我一直有种感觉，假如在同一个地方跟同一群人一起重复做同一件事，时间久了，最终不会有好结果。就像淤积的血液会变成一摊污渍，细菌开始在其中滋长繁殖。

在这种情况下，我非但无法获得稳固的根基，反而会沉落下去；非但无法获得提升，反而会失去理智。

此刻，我打算重新投入循环，并期望一切自动重启。

“怎么样？你接受我的辞职吗？”

艾莫里不喜欢我的决定。哦，没错，他很恼火，因为无法以最有效的方式跟我“清算”。他也无法原谅我大半夜跑来和他纠缠不清，打扰他的好事。

显然，事情没那么容易解决。逃跑不是办法，最多算是一种规避手段。有时候，生活就是这样，我记得第一次面对妓女时的情形。那是我 16 岁生日，我送自己的礼物是女人。她在图斯克拉纳街的家里接客，做男女之事。我不敢去找应召女郎，因为这意味着让她跳上我那辆在多次事故中幸存下来、浑身满是补丁的本田 SH 踏板摩托。太尴尬，太显眼。相比之下，报纸上的小广告让一切更简单，更隐秘。事到临头，我试图表现得胸有成竹。然而她看到我胳膊上的印痕，以为我是瘾君子，于是事情就变得很麻烦。难道要向她解释，父母为了培养我的责任感，在我年满 18 岁之前便允许我给自己抽血？难道要向她解释，我的虚弱与疲惫只是暂时的障碍？她给我套上套子，像打发叫花子一样用嘴解决。倒不是说我再也没跟人上过床，只不过不再花钱干这件事。

如今，我明白麻烦产生的原因，也算是一种安慰。不必啰唆，我只想说，我想要安妮莎。自从那天看到她半死不活地躺在朋友家的沙发里开始，我就想要她。然后是托里诺区，她险些在自己家中殒命。接着是“圆锅”寿司店，她显得悲哀而愤怒。再后来则是“蘑菇餐厅”以及天皇后监狱的玻璃隔板。

从此往后，我的内心中似乎生出一种想要与她接近的需求。我所渴望的，比拥抱缠绵和做爱更亲近，比身体器官的接触更私密。无论她身在何处，我想要流入她的血管。

我知道这听起来很可悲，因为她每日每夜都挂着点滴管，而我不知该如何把她弄出来，让她摆脱法律裁定的抽血程序。

不过这些事我都不想告诉艾莫里。我也不打算告诉他我对他的经营模式做何感想。谁知道有多少倒霉蛋跟我一样，通过他的“水之试炼”加入血暴组，然而这套把戏简直臭不可闻。更精确的说法是：他通过卑鄙无耻的方式招募人手。

我转身离开。

艾莫里不会冷血地将我杀死，他不是那种人。“角斗士”未能遵照他的命令把我干掉或许就是证明。

“哦对，见到那个安妮莎的时候，替我向她问好。”

我的前任上司绝不会放过往伤口上撒盐的机会。一方面，我很想把憋在喉咙里的话大声喊出来；另一方面，又不想给予他满足感。他的脸上一定挂着冷笑，我强迫自己不要回头去看。

我向伊拉利奥比了个手势，示意一起离开。钻进税警车之前，我想起了此行的另一个原因。

“哦，对，我们把法利德扔在门外。你可以收紧狗绳，也可以放狗咬他，随你怎么处置……”

我一边走，一边脱下鲜红的制服。蜕掉这身外皮之后，我的生命仿佛不再重要。我对艾莫里来说重要吗？一点也不。我只是从他的筛选策略中存活下来的少数幸运者之一。如今，我脱掉红色外衣，即将离开血暴组的世界。

此刻什么才是真正重要的？血税政策？就这套逼迫我们追捕同类、劫持血管的垃圾理论？我脱下长裤。金钱？在金钱的名义下，其他一切都被推到次要位置，显得可有可无，模棱两可。我脱得只剩下短裤，然后穿回靴子，手中依然紧握着普拉瓦兹针筒的外盒。

鉴于事态的发展，这出戏肯定要收场了，我不在乎由谁放下帷幕。或许这并不是英勇无畏的举动，但也算是另一种生存方式吧。

明天将是新的结局，也是新的开始。

我钻回税警车，打开收音机，里面正在播放赶时髦乐队的《错误》。

心动

规则二十：像对邻人征税一样对自己征税。

我友善地朝坐在身边的尼古拉的肩头捶了一拳。他像往常一样嚼着生血能量棒，这一次是“烤蛋白”口味。

“你真找到把她弄出来的办法了吗？”

我绞尽脑汁 8 个小时，终于想到一个主意。

“不太容易，不过我已经说服他们。”

“怎么做到的？”

我不太敢告诉他真相。对于一个喜欢血巧克力豆、血奶昔和血圣代的孩子，天皇后监狱内的情景不是很合适让他知道。“他们无法拒绝我的提议，你知道这一点就行了。”

“什么样的提议？”

我发誓，我从没想到这样的结局。

下一班公车不知何时才会沿着隆伽拉街驶来。准点并非罗马人的强项。我瞟了一眼车后窗，没有一点动静。这是个好现象，没有社工跑来行使荒唐的权利。

“下车，我给你看。”

我从税警车里拖出一把小推车，开始卸载一摞 MT67F。这是我的生命储蓄，是“吾身之血”，今天早晨刚刚从九月二十日街的血库里提出来。

呜呜的鸣声迅速接近，我认出那是伊拉利奥的强力警笛，他如约而至。

他在路口停泊着的一排汽车旁边刹住，关掉警笛，但让警灯继续闪烁。他摇下车窗，点起一根卷烟，一言不发，只是点头致意。我以同样的方式跟他打招呼，并继续卸载货箱。

最近几周出了那么多状况，虽然准确来说只有两件事，但其余的也很棘手。有些事我原本一无所知，比如我是如何从前线被招募的。有些事我根本不可能知道，比如艾莫里和卡塔帕诺的非法交易。有些事我本不该插手，比如安妮莎的保释金。还有些事得感谢伊拉利奥和老伙计“角斗士”，是他们帮我摆脱困境，比如在与法利德的纠纷中，我险些再次因失血而死。

现在轮到我了。有时候，最后一步跟第一步有着相同的滋味。这取决于你决定从何时开始计数，取决于你认为从何时开始才是真正重要的时段。

我不知道这一方案是否属于某种精神胜利法：无论如何，只要有个方案就行。阿拉伯女童、尼古拉、安妮莎，甚至我的生命。

一群鸽子从贾尼科洛山上腾飞而起。我思考着此情此景的意义。比如说，要趁早脱身，以免被拖入充满肮脏交易和敲诈勒索的深渊。然而现在已经没人相信所谓征兆，我可以糊弄谁呢？飞翔的鸟群、塔罗牌、茶叶渍，这些可以用来占卜，但就像是标签，贴上容易，揭掉也容易。到最后，你会发现它们其实毫无意义。

我得和整个世界对抗。我很清醒，心中甚至还有一股尚未平息的怒气。

尼古拉热心地帮我把载满货物的推车送到监狱门口。两名警卫正在等着我。

100 米外，伊拉利奥的税警车打开车门。他穿戴整齐，显得很精神，我想他也洗过澡了。他没有朝我走来，而是走向对面的隆伽拉街。与此同时，高跟鞋敲击鹅卵石路面的声音逐渐接近。

那两人扫了一眼我的自抽血档案，又叫来另一名警卫。他开始核对每一项记录，像个认真的孩子。他一言不发，细细地梳理每一条信息，核查每一次输血量。然后他失去了耐心，我们不必再焦虑地等待。

“好了，没有问题。”

我朝尼古拉挤了挤眼。他还没完全搞明白协议的内容。总之，当他看到母亲消瘦的身影出现在天皇后监狱门口，便忘记了一切，朝着她奔过去。

此刻，伊拉利奥依靠超强的街头搭讪技能拖住了那名社工的脚步。根据我对他的了解，只要他还有半根舌头，就能凭着精准的措辞直击目标。

我甚至可以打赌，他还能从这次行动中尝到一点甜头。因为她看起来跟先前不太一样。我上次的话一定是触动了她的神经。放眼望去，我看到他俩在交谈，而且是她在说话，伊拉利奥则频频点头。伊拉利奥这个油头滑脑的家伙，正竭尽全力利用微妙的肢体语言进行交流。

她垂下视线，用手拨了一下头发。她的头发不再盘成一个疙瘩，而是松散地披在肩头。她穿着一条印有蓝色花朵的及膝白短裙，跟上次那身拘谨的制服截然不同。他们甚至有可能把税警车开到贾尼科洛山旁边的小巷里云雨一番。我敢打赌，那社工兴奋起来就跟她说话一样激动。

我的脑袋里充满胡思乱想。

安妮莎站在天皇后监狱的大门口，仿佛幽灵一般苍白。我不知道监狱是否能改变一个人的本性。有的人会在里面悔过自新，有的人却不会；有的人迷失了，有的人则再次找到人生方向。

我的胳膊和腿有种膨胀的感觉，仿佛变得像筛子一样布满洞孔。普拉瓦兹安稳地躺在我口袋里，针筒灌得满满的。

年轻时，有一次刮胡子，我划伤了手指。为什么我会想起这些事？那是个整齐但很深的伤口。由于我持笔的姿势有点怪，因此关节处有个老茧，而那伤口就在茧的位置上。令我惊讶的是，它没有流血，虽然很深，却还不足以穿透死皮。这没什么可惊讶的，我太蠢了，所有人都知道，老茧不会流血。正因为如此，此刻我的脸上没有泪水。

安妮莎紧紧抱着儿子，然后望向我，目光灼灼。她就像霓虹招牌一样僵直，也不知是否藏着什么加密信息，或者某种埋在骨骼深处的情感，期待我能够解读。

我承认，我不清楚安妮莎打动我的究竟是什么，是那种随时准备战斗至死的气质，还是她生命中的种种悲剧，包括因疾病而覆灭的爱情，以及那许多与鲜血相关的错误，尤其是怀上尼古拉的疯狂动机：制造一个完美捐血者。

谁知道呢……我被她吸引也许是由于某种无法解释的原因。尽管她遭到粗暴的插管与监禁，却似乎仍带着一圈华美的光环。也许这都是我的错，跟她没关系，也许吸引我的是神秘而不是需求。

母子俩手拉手向我走来，我抬起手轻触安妮莎脸上的绷带，她没有拒绝我的抚摸。看着她饱受摧残的模样，我知道，她可以随时为他人赴死。我曾替人类中的渣滓效力，因此在我看来，这样的念头近乎疯狂。

我从不相信巧合，也不相信凭借概率能不可逆转地改变一个人。我指的不是骰子、棋类或者其他概率游戏，而是某种更黑暗、更无序的东西，类似于自由意志，仿佛风中飘忽不定的树叶，或者晴朗蓝天中突然转向的闪电。

不过当我开始这样想的时候，最好是马上打住。安妮莎仿佛能读心。“你知道我们绿林义血会有个说法吗？”

“我不知道。你们的说法太多了……”

“我们说血是一种礼物，并非出自时间与劳作，而是直接来源于心脏。”

我俩没什么可多说的，至少言语无法表达。于是我掏出普拉瓦兹，尼古拉瞪大了眼睛。

“哇！酷！我能看一看吗？能借给我吗？我要给露西看。”

“不，我不能借给你。针筒是个人用品。不过这一次例外，这是借给你母亲的。”

安妮莎让尼古拉看了一眼灌满的针筒，然后把它抱在怀里。

“我会愉快地给自己注射，艾伦。”

我的皮肤上起了鸡皮疙瘩。

有人说交换血液是一种性爱方式，就像交换其他体液。我还从没找到合适的人来尝试一下。我的意思是，你能想象瑟希莉亚吗？她不喜欢鲜血。但据试过的人说，每次都有提振活力的效果。因为输入异体血液会让免疫系统更加敏感，产生更多抗体。因为血流的兴奋类似于高潮。

“对不起，我身体里已经没剩下一滴血可以跟你交换了。”

我们几乎笑出声来。眼前的局面有点怪诞，近乎荒谬。“别担心。你先来，告诉我是什么感觉。”

“我喜欢你，艾伦。”

她这是真心话吗？抑或仅仅是表达谢意？

反正我也不指望安妮莎会撒娇。她看上去如此虚弱，我怀疑她的血管里空无一物。与她拥抱是一件再自然不过的事，但她的身体似乎完全干涸了，像一座挖空的金矿。对我而言，她的血等同于固体黄金，我指的不是生血能量棒。不过她的血跟黄金不同，只有留在体内才有价值。

我掏出税警车钥匙，搁到引擎盖上。“坐在这辆车里，没人会找你麻烦。”

尼古拉更高兴了，安妮莎却没那么愉快。

“你要去哪里？不跟我们一起走？”

我不想你们把我看成彻底的疯子。我的行为是法律所允许的。据我所知，许多上当受骗的人迫不得已只能这么干。不然就只能做个叽叽歪歪的懦夫，甚至是满身跳蚤、不名一文的逃税者。

事实上，我欠自己一点东西。按照艾莫里最喜欢的说法，即使不是彻底赎罪，也需要洗刷一下。究竟是什么，我不太确定，但只要挖得够深，你总能找到需要宽恕的地方。这甚至可能另有原因。

也许是因为世上没什么可以弥补母亲的缺失。我虽然有母亲，但也见识过没有母亲是多么可怕，我感觉自己欠尼古拉和安妮莎的。我知道这听起来很含糊，很抽象。我真的知道。然而看到他俩肩并肩站在一起，这种感觉便十分确凿。

“没有其他办法，你看，这点血本身是不够的……”

“艾伦，你要是进了那里面，就永远都不会够。”

“你每天产血太少，我需要的时间会比较短。不管你信不信，时间相当于金钱，金钱相当于血，所以时间也相当于血。”

我讨厌这样的时刻，只讲逻辑，欠缺人情。我讨厌一直停留在脑中的苦涩余味。

警卫们终于行动起来，把所有货箱送去监狱的仓库。我被移交给一名看起来不太称职的矮胖狱警。他一上来就对我过分亲密，甚至都没装模作样地表示友好。

“我认识你吗？”

他这种粗鄙的家伙，南罗马分队里多得是。

“当然认识！咱们一起抓回来许多非法输血的家伙……”

也许我搞错了，也许他是个没胆子加入血暴组的懦夫。这样的人太多了，他们最后只能充当狱警，监视囚室里来回踱步的可怜虫。我得查一下征血处的档案才知道。说实话，我现在并不知道我俩究竟谁的处境更糟。

我看着尼古拉帮助母亲钻进税警车。由于受到各种不定因素的影响，我跟永恒之城这一别不知要隔多久。那取决于市场上血液的价格、负责安妮莎上诉的法官如何裁定，以及我自身的产血量。

“妈，你还打算输血给其他人吗？”

“不，尼古拉，我觉得应该考虑一下咱们自己的幸福了。”

面对着走廊，我不知该责怪谁。法利德，艾莫里，卡塔帕诺，永恒之城。

我被带到一间牢房。另一名狱警朝我露出讥讽的冷笑。他是迄今为止最瘦的一个。

面对抽血对象，我曾经多少次露出同样的冷笑？一切都很合理。挂上抽血管之后，我的血开始一滴滴流淌出来，我成了自己的替罪羔羊。

*

我的囚室正对着贾尼科洛山，准确地说，是对着山的阴影。我的狱友叫耶稣基督。反正他是这么自我介绍的。他说已经在他那个可怕的世界里服完刑，替一切有罪的纳税人缴了税。他说每个逃税者都应该受到一种特定的惩罚：永恒的血之诅咒。跟这种疯子关在一起，绝不是好玩的事。有时候，他让我想到艾莫里。好的一面，耶稣基督爱听里诺·盖塔诺的《罕见痕迹》。坏的一面，他整天都在听，无限循环，永不停止。

今天有邮件，是我妈寄来的回信。我曾写信告诉她，我在天皇后监狱里度假。她说我做得对。不过她说因为年纪的原因，她帮不了我。

不出所料，才一星期，他们就把我抽干了，然后每个礼拜反反复复，都是同样的过程。

你只能习惯，只能保持平静。说到底，其本质就像是把血管里的生命力经由一个个毛孔挤榨出来。

最后，你和你的血分道扬镳。

永恒之城的天空我只能看到一块角落，无论何种季节，那角落都有数天时间呈现出浓郁的红色，仿佛火焰。我常常听见税警车的鸣声，来自贾尼科洛山崎岖不平的公路，或者山下梧桐树丛间的伦格特维林荫道。听到这声音，我无动于衷。

罗马已变成一个扭曲的世界，即使邪恶最终竟然创造出奇迹，我也不会感到惊讶。